JAPAN-EDITION
Mori Yōko
Sommerliebe
Liebesgeschichten. Drei Erzählungen

JAPAN·EDITION

Mori Yōko

Sommerliebe

Roman

Liebesgeschichten

Drei Erzählungen

Aus dem Japanischen von
Diana Donath

edition q

Japanische Originaltitel:
Jōji
Beddo no otogibanashi:
Buradī merī (I)
Onna-tomodachi (II)
Niwaka-ame (III)
Copyright © 1993 by Mori Yōko Office, Japan

JAPAN-EDITION
Begründet von
Jürgen Berndt † und Klaus R. Dichtl, Berlin
Herausgegeben von
Eduard Klopfenstein, Zürich

Die Deutsche Bibliothek – CIP-Einheitsaufnahme

Mori, Yōko:
Sommerliebe : Roman. Liebesgeschichten : drei Erzählungen.
Mori Yōko. Aus dem Japan. von Diana Donath. – Berlin : Ed. q, 1995
(Japan-Edition)
Einheitssacht.: Jōji <dt.>
ISBN 3-86124-282-6
NE: Mori, Yōko: [Sammlung <dt.>]

Umschlaggestaltung: Atelier Höpfner-Thoma, München
Gesamtherstellung: Ebner Ulm
Printed in Germany
ISBN 3-86124-282-6

SOMMERLIEBE

Der Sommer wollte zu Ende gehen.

Meine vier Wochen Ferien, in denen ich mich so verlassen gefühlt hatte, waren vorüber; ich wollte aus Karuizawa*, das rasch auf den Herbst zustrebte, abreisen. Doch meine Gedanken hingen noch an den alptraumhaften Tagen der letzten Sommerhälfte, die ich damit zugebracht hatte, mich in die Romane von Roald Dahl und Ray Bradbury zu flüchten. Als ich Mitte August im UKW-Rundfunk vom plötzlichen Tod Elvis Presleys erfahren hatte, da wußte ich, daß wieder eines der letzten Glanzlichter meiner Jugend endgültig erloschen war.

Es berührte mich, wie die Sonnenstrahlen sich durch die Bäume hindurch in weißglänzenden Flecken auf den Rasen unseres Gartens ergossen; als ich zum Himmel aufschaute, beruhigte sich alsbald das Aufwallen meines Herzens, und in seinem matter werdenden Wellenschlag wirkten die vielen schmerzlichen Wunden fast so, als wäre die Erinnerung an das erfahrene Leid vergessen. Aber schon im nächsten Augenblick, bei der geringsten Veränderung, die das Rauschen des Windes im Gehölz bewirkte, geriet mein Herz wieder heftig in Unruhe, und ich fühlte mich gleich zurückversetzt in Szenen wie unser bitteres Wortgefecht oder jenes eine schreckliche Abendessen oder

---

* Mondäner Kurort und Sommerfrische der besseren Gesellschaft von Tokio, 100 km nordwestlich von Tokio in den Bergen der Präfektur Nagano gelegen.

die Fälle schmerzlichen Hinnehmens von Rücksichtslosigkeit.

Daß meine Liebesaffäre ein derart grausames Ende genommen hatte, war nur eine Folge der törichten Lüge, die ich erblassend hervorgestoßen hatte. Obwohl ich ja eine erwachsene Frau war, die in ihrem Leben schon viele Strategien erprobt hatte, war es mir doch nicht gelungen, ein unerschütterliches und perfektes Märchenschloß aus Lügenbausteinen vor Lane zu errichten.

Wenn ich davon ausgehe, daß es nur eine Wahrheit gab, so lag diese ironischerweise in dem einen Satz, den ich bis zuletzt nicht über die Lippen gebracht hatte, nämlich: daß ich Lane liebte. Gleich vom Augenblick unserer Begegnung an war ich von ihm bezaubert und verwirrt, und als Lane mich fragte, antwortete ich wie im Rausch: Nein, ich bin nicht verheiratet!

Wenn Liebe nur etwas Körperliches wäre, würde die Zeit – mehr als alles andere – mir bestimmt Vergessen bringen. Oder es müßte logisch sein, mein eigenes Leid zwischen die Zeilen der Buchseiten zu verlagern, die ich klagend, mit verzweifelt bebendem Finger, um- und umblätterte.

Und er: Was ist mit Lane?

Wenn ich mir vorstelle, daß er sich wahrscheinlich in seinem Zimmer in Tokio-Aoyama, wo kein den Zorn beschwichtigender weicher Wind weht wie hier, einem Gefühl der Befreiung überläßt, mit krampfhaftem Lächeln und einer Beimischung von Geringschätzung, dann wird mir ganz übel. In dem Gedanken, von Lane Hohn und Verachtung zu ernten, krampft sich mir stechend der Magen zusammen, wie schon so oft.

Immer wenn meine Verzweiflung sich in körperlichen Schmerz umwandelt, weine ich eine Zeitlang und wasche mir dann das Gesicht. Ausdruckslose Augen starren mir aus dem Spiegel entgegen. Zumindest das gestattet mir eine winzige Ausflucht: mich für kurze Zeit abzulenken durch das Auftragen von Lippenstift und das Nachziehen der Augenränder mit schwarzer Maskara.

*

Ein Freitag Ende Juni. Es hatte sich so ergeben, daß mein Mann mit unserer Tochter Erika in der schwülen Abenddämmerung zunächst allein in unser Ferienhaus in Akiya vorausfahren sollte. Ich hatte für Samstag mittag einen Termin, ein Tonband für eine Übersetzung abzuholen, und wir hatten abgemacht, daß ich dann einen Tag später zu meiner Familie stoßen sollte.

„Samstagsarbeit versuche ich ja möglichst nicht zu übernehmen", sagte ich zum Rücken meines Mannes gewandt, der die Tüte mit den Lebensmitteln im Kofferraum des Wagens verstaute. „Aber diesmal ist das Tonband ein amerikanisches Hörfunkdrama. Es soll ein Mystery-Stück sein, deshalb interessiert es mich. Für dich ist das unangenehm, aber ich möchte es unbedingt machen."

„Schon gut. Das ist ja nicht das erste Mal und wird auch nicht das letzte Mal sein. Davon abgesehen – hast du Kaffee in die Thermoskanne getan?"

„Hab ich schon gemacht, Paul. Ich habe auch etwas kaltes Hähnchen und Schokoladenkuchen eingepackt, das kannst du also mit Erika im Wagen essen."

„Danke. Also dann fahren wir voraus. Wie wär's, vielleicht läßt du dich heute abend einmal bei deiner Mutter blicken?"

„Na ja", antwortete ich vage, denn ich hatte nicht die Absicht, an diesem Abend zu meiner Mutter nach Seijō zu gehen, „kann aber auch sein, daß wir außer Haus gut essen gehen wollen." In diesem Moment tauchte in der Tiefe meines Bewußtseins das Gesicht von Nishiwaki Shunsuke auf.

Mein Mann küßte mich auf die Stirn, und ich verab-

11

schiedete mich mit einem leichten Zuzwinkern in seine Augen, die beim Einfall der Lichtstrahlen beinahe tiefgrün wirkten, und dann gab er unserer Tochter, die wie ein Vögelchen zusammenhanglos daherzwitscherte, einen leichten Klaps auf den Po und ließ sie am Beifahrersitz des Caravans einsteigen, und während sie mit ihren weißen Händen hin und her winkten, fuhren sie ab.

Im Haus herrschte bereits die Abenddämmerung, die einer tiefen Mattigkeit ähnelte. Für ein Weilchen verharrte ich still in ihrem Schatten.

Wie ich meinen Mann so verabschiedete, indem ich, geschickt mein kaltes Herz aufblähend, ein Lächeln aufsetzte und ihm wie selbstverständlich einen Schwindel vorführte, daran denke ich zurück wie an eine Theatervorstellung, eine Art scheußlich billiges Schauspiel. Aber gegenüber meinem Mann, dem ich das vorspielte, hatte ich eine Auffassung von Komplizenschaft in unserer Ehe, in der wir versuchten, ohne gegenseitiges Zähnezeigen in künstlichem Gleichmut auszukommen. Das hatten wir schon zur Gewohnheit gemacht, aber irgendwo in der Tiefe der dunklen Falten meiner Seele hatte dabei doch so etwas wie Frustration und Zorn sich zu unauslöschlicher Gereiztheit gewandelt und schwelte beständig vor sich hin. Eine Weile blieb ich geistesabwesend stehen, die Arme vor der Brust gekreuzt, als ob ich mich selber umarmen wollte.

Ja, ich würde Shunsuke anrufen.

Mein schlechtes Gewissen, daß ich den langen Freitagabend nicht mit Mann und Tochter verbringen würde, war plötzlich verschwunden, und in der gleichsam trunkenen Schwermut, wie sie von der Abenddämmerung zusammengebraut wurde, spürte ich, daß auf dem Grund meines Herzens lodernd ein kaltes Feuer flammte. Das rankte sich wie eine Schlingpflanze um alle Gelenke meines Körpers, und davon erhitzte sich mein Blut und geriet in Wallung. Und wie unter einem Zwang streckte ich meine Hand zum Telefonhörer aus.

Aber dann, als es daran ging, die Wählscheibe zu drehen, erwachte wieder meine übliche Phobie vor dem Telefon, und geraume Zeit zauderte ich unentschlossen. Ob dieser schwarze Apparat, charakterlos wie er da stand, meine Stimme und meine Gefühle einem anderen korrekt oder inkorrekt übermitteln konnte, war ich mir ewig unsicher, und in dieses glatte unheimliche Ding hineinsprechen zu sollen, brachte mich fast an den Rand der Panik.

Mit Shunsuke hatte ich seit Ende September letzten Jahres nicht mehr gesprochen. Seit dem Abschluß unseres Studiums hatte ich mit ihm immer eine lose Freundschaft aufrechterhalten, indem wir uns zweimal oder höchstens dreimal im Jahr am Telefon unterhielten oder uns trafen, wobei wir dann unbewußt gegenseitig in unseren Gesichtern zu lesen versuchten, und danach kehrte jeder schnell wieder in sein eigenes Leben zurück.

*

Nishiwaki Shunsuke war damals, als er an der Kunsthochschule im Fach Architektur eingeschrieben war, ein junger Mann mit geschmeidigem Körper und einem Gesichtsausdruck wie ein wachsamer Falke. Ich studierte an der Musikfakultät derselben Hochschule Cellospiel, und in Wirklichkeit war ich nur ein orientierungsloses, weltunkundiges Mädchen, das seine verwirrten tiefbraunen Augen weit offen hielt. Und als wir uns auf dem Campus an der Ecke, wo der Zaun kaputt war, zufällig kennenlernten, habe ich mich gleich verliebt, und alle nur möglichen Gefühlsstürme der Jugend, die für jeden einmal vorbeigeht, habe ich dabei gründlich geschmeckt und

13

gänzlich ausgekostet. Die Erwartungen unserer Eltern und Freunde, die als selbstverständlich annahmen, daß wir beide am Ende unserer Studienzeit heiraten würden, wurden arg enttäuscht, denn unter unsere Beziehung, die drei Jahre gedauert hatte, kam ein Schlußstrich.

Shunsuke nämlich machte sich zugleich mit dem Studienabschluß von absolut allem los, was mit der Studienzeit zusammenhing, und um die Möglichkeiten seiner Begabung auszuloten, kehrte er auch mir seinen Rücken zu, wobei allerdings so etwas wie Traurigkeit um seine mageren Schultern schwebte – jedenfalls reiste er allein ab zum Auslandsstudium nach Harvard. Was ich an seinem sich entfernenden Rücken sah, war die entschiedene Ablehnung der Vergangenheit, und das war die herbe Alleinentscheidung eines mir fremd gewordenen jungen Mannes, der sich echte Freiheit erobern wollte.

Und auch ich wurde mit einem Schlag befreit von Gewöhnung und Trägheit, von Mißtrauen und bitterer Eifersucht. Anfangs ging es mir so, daß ich aufgrund der naiven Trugvorstellung, ich hätte die Zukunft verloren und müßte von nun an vor bodenloser Leere erschaudern, nicht einmal mehr wußte, wie ich mit mir selbst umgehen sollte. Ich wußte nicht, ob ich meine beiden Arme herunterhängen lassen sollte oder ob es natürlicher wäre, sie hochzuhalten, und ob ich sie zu meiner Beruhigung dabei anstarren sollte oder ob es die Rettung wäre, meine Brust fest zu umarmen. Und weil ich nicht wußte, wie, blieb mir nichts übrig, als meine Arme hochzuwerfen und mit ihnen gegen die weißen Zimmerwände zu schlagen, bis an die Grenze meiner Kraft und immer wieder, tagelang.

Daß ich Shunsuke so ganz ohne böses Blut freigab, geschah einzig und allein, um meinen eigenen Stolz zu retten. Und was ich aus der Bitternis jener Tage gewonnen habe, war, daß ich mich natürlich an die Liebe, aber auch an die Menschen, an Freundschaft, an meine Kunst, also überhaupt an alle Dinge des menschlichen Lebens nie mehr allzu fest anklammern würde.

Als ich dann den Entschluß gefaßt hatte, mit meinen eigenen kleinen Flügeln irgendwie zu fliegen zu versuchen, war das erste, was ich tat, mit dem Cellospiel aufzuhören. Es gab ja eine klare Grenze der Begabung, und ich hatte auf keinen Fall Lust, mich sozusagen in einer Ecke des Orchesters begraben zu lassen.

Diese Entscheidung entsetzte meine Eltern, besonders meinen Vater. Aber mit dem Versprechen, daß ich ihm wegen meines Lebensunterhalts bestimmt nie mehr zur Last fallen würde, konnte ich meinen hartnäckigen Vater mit Mühe und Not zur Zustimmung bewegen.

Danach wurde es mir möglich, von der Rolle des Musikvortragens zur Seite des Zuhörens überzuwechseln, und ich fühlte mich von ganzem Herzen erleichtert. Bis dahin, inbrünstig aufeinandergetürmt, siebzehn Jahre Musikerleben. Die Welt der Wiederholung, bei der mir, schon wenn ich nur daran zurückdenke, beinahe das Blut entweicht. Das Üben war monoton und bitter gewesen, dennoch hatte mich die Musik schon in sich eingeschlossen wie eine den Körper umhüllende Schale, deshalb bereitete es mir fast körperliche Schmerzen, aus dieser harten transparenten Hülle auszubrechen.

Als die Häutung dann beendet war, gab mir das Erschöpfungsgefühl davon allerdings eine viel größere Sicherheit als das Gefühl bei der von Shunsuke aufgezwungenen ungewollten Befreiung.

Daß ich zu ihm wieder Kontakt aufnahm, war drei Jahre danach – als ich meine Heirat bekanntgab.

*

Als mein Anruf Nishiwaki Shunsukes Architektenbüro erreichte, war es schließlich beinahe halb acht Uhr geworden.

„Hier ist Yōko. Bist du noch am Arbeiten?"

„Oh! Was ist?" Seit zehn Jahren ließ Shunsuke seine Stimme vom anderen Ende der Leitung immer genauso – ohne das geringste Zögern – zurücktönen.

„Mir geht es gut. Wenn du heute abend Zeit hättest – könnten wir nicht zusammen essen gehen?"

„Gut! Du hast wohl wieder Streit gehabt mit deinem Mann?"

„Wieso denn. Ich rufe dich doch nicht nur zu solchen Zeiten an."

„Na, wird schon in Ordnung sein. Warte doch um acht im „Otsunazushi" auf mich", sagte er und legte auf.

*

Wenn man von der Roppongi-Kreuzung in Richtung auf das Amt für Verteidigung etwa hundert Meter weitergeht, liegt auf der linken Seite das „Otsunazushi"-Restaurant. Ich kam als erste dort an, setzte mich an die Theke und bestellte mir Muschel-Sashimi und einen Whisky Soda. Ich brauchte kaum zu warten, und Shunsuke kam in seiner hektischen Art, als wollte er mit seiner linken Schulter die Luft zerschneiden, hereingestürmt.

„Eine schreckliche Hitze ist das ja wieder heute abend."

„Lange nicht gesehen, was? Und deine Arbeit – wie immer viel zu tun?"

„Hm, na ja", antwortete er kurz und rieb sich mit dem Tuch, das man ihm überreicht hatte, kräftig das Gesicht ab, dann erst heftete er seinen Blick fest auf mein Gesicht, und da zog er eine übertriebene Grimasse.

16

„Wie kommt das denn – in deinem Alter! Du hast ja wieder eine ganz dunkle Sonnenbräune."

Von Shunsukes Lautstärke und seiner groben Sprechweise fühlte ich mich immer abgestoßen, aber seine Stimme besaß Wärme, und in seinen durchschnittlichen schwarzen Augen lag Sanftheit.

„Ich muß mich doch jedes Wochenende in Akiya mit meinem Kind beschäftigen, und da werde ich braun, ohne es zu wollen."

Darauf sagte Shunsuke stockend: „Du bist doch schön so", und klopfte mir beruhigend auf den Arm. Während er an der Theke Reisklößchen-Zushi bestellte, erzählte ich ein bißchen vom Strand und so. Dann war dieses Thema beendet, und nach einem Augenblick des Schweigens sagte ich:

„In letzter Zeit bin ich ziemlich deprimiert. Alles ist immer so unbefriedigend, und ich bin gereizt. Aber sag nicht, das käme vom Alter."

„Du solltest einen Seitensprung machen", antwortete Shunsuke stürmisch. „Was ist mit dem Ausländer, den du voriges Jahr hattest? Habt ihr euch dann überhaupt nicht mehr getroffen?"

„Doch, wir sehen uns. Aber diese Beziehung ist beendet."

„Schon beendet? Mit einem Partner, mit dem du Schluß gemacht hast, würdest du ja bestimmt nicht noch einmal schlafen. Stimmt doch, nicht?"

„Und du – wie hältst du es?"

„Um Frauen bin ich ja nicht verlegen."

„Du machst wohl nach wie vor immer nur den schnellen Sex."

„Wenn du das schon sagst, Yōko. Das beweist doch, daß du nicht mehr die Allerjüngste bist", sagte Shunsuke und brachte rasch seinen Mund an mein Ohr. „Im Vergleich zu damals mit dir, Yōko, ist es ja jetzt viel schlimmer. Das

17

ganze Drum und Dran, bevor man die Frau nimmt, lasse ich vollständig weg. Und du, Yōko – wie ist denn dein Geschmack in dieser Beziehung?"

„Allerdings ganz anders." Ich lachte tief in der Kehle. „Ich bin anspruchsvoller. Denn ich denke, diese Sache sollten Mann und Frau gemeinsam unternehmen und sich gegenseitig guttun. So habe ich es am liebsten."

„Anspruchsvoll, anspruchsvoll. Dann besteht also für uns beide um so weniger Aussicht, unser Verhältnis wieder aufzunehmen."

„So solltest du jetzt nicht reden, das ist ja wieder ein anderes Thema. Du warst eben der erste und bist heute eine Nostalgie für mich."

„So etwas verstehe ich nicht", sagte Shunsuke und stand auf. Meinen Vorschlag, wir sollten das Restaurant wechseln und noch etwas trinken gehen, lehnte er ab: Er müsse noch mal in sein Büro zurück, denn er habe noch zu arbeiten. Zuletzt fragte er in verändertem Ton:

„Wäre da sonst noch etwas, das du mit mir besprechen möchtest?" Seine Augen, deren Glanz gleichsam in sich zurückgesunken war, verlangten sanft nach meiner Antwort. Lächelnd schüttelte ich den Kopf. Shunsuke nickte energisch und griff beiläufig nach der Rechnung.

„Alles klar. Also bis dann. Du kannst mich ja jederzeit anrufen, Yōko", sagte er noch und lief genauso wie vorhin, als er hereinkam, ganz ohne Sentimentalität und in fast erfrischender Schroffheit eilig hinaus.

Danach stand ich auch auf, und plötzlich kam ich auf die Idee, ich könnte mich ans „Chalkot House" halten, wo ich oft mit meinem Mann hingehe. Ich war sicher, dort müßte es jemanden geben, den ich kannte.

Schnellen Schrittes ging ich die etwa zweiminütige Wegstrecke zum „Chalkot House". Schnell zu laufen, obwohl ich es gar nicht eilig hatte, machte mir irgendwie Spaß. Aber sonst ist es mir verhaßt, wenn ich mich sehr beeilen muß, und ich bekomme meist Magenschmerzen davon. Die Nacht von Roppongi hatte gerade angefangen, und vor mir war, aufgeputzt wie ein Christbaum, der Tokio-Tower zu sehen.

Als ich über die Backsteintreppe das „Chalkot House" betrat, war dort die Klimaanlage an, und die Luft im Inneren des dunkel gehaltenen Lokals hatte vom Zigarettenqualm einen bläulichen Farbton angenommen. Zusammengewürfelt aus den verschiedensten Ländern der Welt, bewegten sich Männer und Frauen mit ihren ganz unterschiedlichen Physiognomien langsam darin wie Fische in der Tiefsee. Manchmal ließ ein aufbrandendes Rauschen die Luft in dem bläulichen Raum erzittern wie eine unter der Meeresoberfläche brodelnde Strömung.

Einen Moment schreckte ich vor dem Gedränge zurück, aber da mir ein indischer Zeitungsreporter, den ich kannte, im Vorübergehen flüchtig ein breites Lächeln zuwarf, faßte ich Mut und trat in das Lokal ein.

Zum Glück erspähte mich David Hall von der anderen Seite der Theke und schickte mir einen lauten Zuruf herüber. Wie errettet zwängte ich mich durch das Menschengewimmel zu ihm hinüber, und gleich fragte er: „Wo ist dein Mann?"

„Dave, nicht so laut. Heute abend bin ich solo." Und dann nahm ich ihn wegen seiner abgetragen aussehenden Kleidung hoch und sagte: „Du hast wohl Spaß daran, erstklassige Sachen billig aussehen zu lassen!"

David setzte, als ob er das zu einem Lob umdeutete, ein übertriebenes Lachen auf und sagte dann: „Ach so, Paul hütet wie gewöhnlich eure Tochter im Strandhaus? Und Yōkō ist sozusagen hier auf Männerjagd. Dann hätte vielleicht an erster Stelle ich heute nacht eine Chance?"

„Vielleicht, Dave."

An diesem Abend im „Chalkot House" hatten die hiesigen Stammgäste, männliche und weibliche, wie immer am

Freitagabend ihre jeweiligen Lieblingsplätze eingenommen.

Auch die Liebesleute Brian und Godot saßen in ihren weinroten Sesseln am Fenster und verschlangen sich gegenseitig mit Blicken. Godot nippte an seinem Wodka Tonic in seiner üblichen affektierten Art, mit dem Gesicht und den Bewegungen einer Katze, und vor Brian waren bereits mehrere Gins auf dem Tisch aufgereiht. Von den Verliebten nur zwei Tische entfernt starrte Brians Frau Anne, schon ziemlich betrunken, zu ihnen hinüber, und manchmal war ihr spitzes Lachen zu hören. Ihre Gesprächspartnerin war Jill, die derzeitige Freundin von David. In dem Moment verschüttete Brians Frau ihr Getränk auf dem Tisch, und man konnte hören, daß sie mit ordinären Ausdrücken auf sich schimpfte.

„Also, Dave, du solltest deine Freundin lieber zurückrufen. Willst du sie den ganzen Abend Annes Gesprächspartnerin abgeben lassen?" sagte ich und stieß David, der gerade in seinem gebrochenen Japanisch zwei vorbeigehende junge Frauen ansprach, in die Seite.

„Ist ja gut. Sie kommt schon zurecht." Er warf einen flüchtigen Blick nach hinten und fügte schnell hinzu: „Man kann die arme Anne doch nicht allein trinken lassen!"

Die bedauernswerte Frau von Brian! Soweit ich weiß, ist ihr Mann meist mit dem homosexuellen Godot zusammen.

Hinter mir machte sich jemand bemerkbar: „Warum kann denn diese Lady nicht zu Hause bleiben?", so war Jacques Melans stark mit französischem Akzent durchsetztes Englisch zu hören. „Hier mißbilligend ihrem kokettierenden Ehemann und seinem Geliebten beim Trinken zuzuschauen, ist doch ziemlich geschmacklos von der Lady. Für mich ist ihr Verhalten völlig unverständlich."

Dieser anmaßende Franzose! Unter seiner gefälteten Hose hatte der wohl einen Körper wie ein weißes Schwein. Auf seinem schlaffen Doppelkinn sproß der Bartwuchs wie verstreuter Sesam, als käme dort der üble Geruch von Unsauberkeit hervor. Dazu seine unbehaarten fleischigen Hände, die, zu seinem Körper gar nicht passend, so klein waren wie Frauenhände.

Da schwatzte die zu Jacques gehörende Französin schnell und nasalierend los: „Aber Jacques, mal angenommen, der Liebespartner ihres Ehemanns wäre ein ganz normales Mädchen! Ich glaube, dann würde diese Lady durchaus zu Hause bleiben. Allerdings, bei dem Charakter, den sie hat, würde sie dieses Mädchen wohl auffressen wie ein Tiger." Ich hatte schon gewußt, daß französische Frauen eine Neigung zu bissigem Humor haben, aber dies war ganz ohne Esprit dahergeplappert.

Jacques, sehr zufrieden mit der Wirkung der Worte seiner Begleiterin, erhob seine Stimme noch lauter: „Eben. Weil der Geliebte ihres Mannes homosexuell ist, nimmt die Eifersucht der Ehefrau zwangsläufig anormale Formen an. Und dabei ist der Ablauf immer der gleiche: Die Ehefrau betrinkt sich und wird zuletzt von ihrem verhaßten Ehemann, diesem schwulen Kerl, hinausgetragen, und damit fällt der Vorhang. Kann einer diese törichte Frau verstehen, die solchen Ärger macht?"

Ich konnte meinen Widerwillen nicht länger unterdrükken. „Eine fabelhafte Rede, was, Jacques? Für dich eine recht einfühlsame Betrachtung."

Da heulte David neben mir auf wie ein Wolf: „Hört auf! Den Skandal anderer Leute als Zuspeise zum Wein zu genießen, ist doch der allerschlechteste Geschmack!" Dabei streckte er die Hand nach meinem Kinn aus und zog es heftig zu sich herüber: „Wenigstens von dir, Yōkō, erwarte ich, daß du dich nicht daran beteiligst."

„Ich weiß, Dave, mir wurde nur die Gefühllosigkeit von Jacques und der anderen unerträglich", antwortete ich leise mit gesenktem Blick.

Aber Jacques, der in Hochstimmung war, zeigte sich

von meiner Ironie wie auch von Davids Verachtung unberührt: „Na, was denkt ihr – in wessen Bett schläft Brian heute nacht nun wirklich? Wollen wir wetten?"

In diesem Moment spiegelte sich in meinen Augenwinkeln, daß Anne sich langsam in unsere Richtung umwandte. Aber ihr Blick kam nicht bis zu unseren Gesichtern hoch; mit trockenen Augen starrte sie lange auf einen Punkt, doch dann, als sei sie wieder zu sich gekommen, senkte sie den Blick und steckte sich betont nachlässig eine Zigarette in den äußersten Winkel ihrer angewidert verzogenen Lippen, und als wollte sie sagen, es ist doch gar nichts passiert, wandte sie sich plötzlich wieder zurück.

Dieser versteinerte Gesichtsausdruck! Kann dieser verbissen geschlossene Mund wohl je wieder eine sanfte Aufwärtskurve formen? Bei dieser völlig in sich zurückgezogenen Frau hatte die Eifersucht allen Körperteilen die Spannkraft entzogen: Ihr Fleisch war schlaff, und ihr Gesicht war krankhaft dunkel und aufgedunsen. Wenn Brians Frau jetzt zum Beispiel meine oder Davids Augen gesucht hätte – hätten ich oder er ihrem Blick denn standhalten können? Aus ihrer Sicht mußten wir wohl wie Gesinnungsgenossen von Jacques Melan aussehen. Ich sah, wie Brians Frau heftig an ihrer Zigarette zog und mit viel mehr Atem, als sie inhaliert hatte, den Rauch und zugleich einen tiefen Seufzer ausstieß.

Da konnte ich David, der die Augen nicht von seinem Glas in der Hand hob, reden hören: „Jacques", sagte er, „du bist wirklich ein widerlicher Typ. Fällt dir in deinem kleinen Gehirn denn kein besseres Thema ein? Armer Kerl. Was du da quasselst, hatte schon vor zwei Jahren jeder satt, und seit letztem Jahr ist es gleich ganz out." Und wie meist, wenn er sich ärgerte, stieß er die Worte aus dem Mundwinkel hervor, als er schnell fortfuhr: „Daß du mit deinem ordinären Witz und vulgären Voyeurismus zufrieden bist, ist deine Sache, aber hör unbedingt auf, uns

22

da hineinzuziehen! Einen Kerl wie dich sollte man gleich jetzt und hier zusammenschlagen – aber ich lasse es sein, mein rechte Hand hat Besseres zu tun." Dann zog er grinsend seine Lippenränder hoch, lächelte mich übertrieben an und fragte in launigem Ton: „Übrigens – wie wär's mit noch einem Glas, Madame?"

David Hall ging zur Theke, um neue Getränke zu bestellen, während sich Jacques und seine Begleiterin mit verärgerter Miene (und ein mürrisches Gesicht läßt die Franzosen immer noch ein Stück französischer aussehen!) an einen hinteren Tisch verzogen.

Ich blieb, gegen die runde Stehlampe gelehnt, stehen und dachte nicht mehr über Davids Worte von eben nach, sondern über Annes hartes ausdrucksloses Gesicht, das ich vorher gesehen hatte. Wenn eine Frau wie versteinert ist, dann liegt es immer am Mann.

David kehrte zurück und überreichte mir ein kaltes Glas mit Whisky. „Was ist denn? Denkst du nach?"

„Ja, genau. Über das menschliche Trauerspiel. Ich hasse die Männer, diese Feinde aller Frauen."

„O weh, das klingt aber hart! Da bitte ich um Verschonung!" Damit wandte er sich wieder zur Theke zurück und ging diesmal dann mit zwei Gläsern Gin Tonic zum Tisch von Anne und Jill. Er drückte einen Kuß auf Jills offenbar gebleichtes blondes Haar und stellte ihnen die beiden Kühle ausstrahlenden Gläser auf den Tisch.

Ich war leicht beschwipst und ein bißchen gelangweilt, und um ein aufkommendes Gähnen zu vertuschen, wandte ich mein Gesicht etwas weg und zum Eingang hin, und da sah ich ihn.

*

Er stand unschlüssig da – er sah aus, als sei er eben hereingeplatzt –, mokierte sich über das Gedränge im Lokal und zog eine Grimasse. Dann ließ er seinen Blick offenbar absichtlich langsam durch das Lokal schweifen und hielt ihn plötzlich bei David an. Und darauf kam er, rasch das Menschengewühl zerteilend, fast geradewegs zu uns herüber. Als er näher kam, sah ich, daß sein schwarzes Haar üppig gewellt war und seine Augen blau waren wie das Meer in der Abenddämmerung. Seine Augen waren von langen, tiefschwarzen und wie schattiert wirkenden Wimpern dunkel umrandet.

Für mein Alter ganz unpassend, staunte ich diesen Fremden beinahe atemlos an, und als ich das merkte, wurde ich ein bißchen verlegen. Aber in Wirklichkeit war ich von einem inneren Aufruhr ergriffen.

„Das ist ja ein schreckliches Gewühl!" Beim Reden bewegte er kaum die Lippen, als er David die Hand schüttelte. Seine tiefe Stimme hatte einen leicht melancholischen Klang.

„Freitags abends ist das doch meistens so", gab David seinerseits eine belanglose Antwort, wobei er diesen Freund offenkundig herzlich aufnahm. Lachend wandte der Fremde seinen Blick von David ab und widmete sich den Stammkunden an diesem Tisch. Er ließ seinen Blick, auf jedem Gesicht aufmerksam verweilend, die Runde machen, indem er bei Leuten, die er schon kannte, lächelnd nickte und zwischen den Lippen „Hallo" oder „Guten Abend" murmelte.

Zweifellos besaß dieser Mann auch den Hochmut, wie er den wenigen Menschen gemeinsam ist, die mit seidigem schwarzem Haar und ins Veilchenblau spielenden Augen – dieser schönsten Kombination der Welt – beschenkt sind. Von Kindheit an singt man ihnen dauernd das Lob ihrer Schönheit, darum ist ihr Selbstbewußtsein enorm gestärkt, und bei ihrem außergewöhnlich guten Aussehen hat man manchmal einen Eindruck wie von gläserner Schönheit mit einer funkelnd durchschimmernden kalten Flamme.

24

Dieser Mann da vor mir war jedoch offensichtlich bereits verletzt, und ein mißtrauischer und zynischer Ausdruck schien wie aus klaffenden Rissen hervor. Unter seinem dem Alter entsprechend kultivierten und geschliffenen Auftreten und seiner legeren Kleidung verbarg er so geschickt, daß man sie nicht gleich erkannte, eine möglicherweise schnell bloßzulegende Abgebrühtheit und Laszivität. Und schon im Augenblick dieser ersten Begegnung mußte ich unter seinem herben Gutaussehen eine gewisse Wildheit bemerken, die mich gelegentlich streifte. Er schien schon ziemlich getrunken zu haben, und seine Augen hatten einen dreisten und herausfordernden Blick. Und damit hielten sie inne auf mir.

Ich hörte Davids Stimme, der uns bekannt machte. „Lane ist ja neu für dich, Yōko. Darf ich mal vorstellen: Das ist Lane Gordon. Und um deine Neugier zu stillen, will ich noch dazusagen: Lane ist fünfunddreißig. Er ist Amerikaner und nicht verheiratet." Dann wandte er sich an Lane: „Yōko schreibt künstlerische, unprofessionelle Übersetzungstexte . . .", und da David offensichtlich noch etwas hinzufügen wollte, trat ich ihm leicht auf den Fuß und streckte Lane meine rechte Hand hin.

„Ich freue mich, Sie kennenzulernen."

Lane nahm meine Hand betont langsam und drückte sie, leicht den Kopf senkend, und während er in die ergriffene Hand seine Kraft hineinlegte, wandte er seinen Blick auf David neben mir, brachte grinsend ein sehr charmantes und bedeutsames Lächeln hervor und ließ dann seine kühlen blauen Augen wieder zu mir zurückkehren. Da brach sein auf mir haftender Blick plötzlich weich zusammen, und von meinem Gesicht glitt er über Hals und Brust hinweg langsam abwärts. In dem Gedanken, daß er damit doch nur das übliche Programm durchlief, verachtete ich ihn und fand das abscheulich, und trotzdem nahm ich sein Lächeln, das sich, während es auf seinem Gesicht verharrte, dunkel verschattete durch das in seinen Augen aufsteigende Verlangen, fast körperlich in mich auf, so daß ich dastand wie niedergeduckt.

Da hörte ich Lane sagen: „Selbst das schlimmste Gedränge des Freitagabends nimmt man in Kauf, wenn man eine so attraktive Frau kennenlernen kann!" Danach murmelte er zwischen den Lippen kurz „Entschuldigung!" und verließ unseren Tisch, um zur Theke zu gehen und Getränke zu holen. Zwischen den Köpfen der Leute war zu sehen, wie sich sein schwarzes Haar weich und wellig an seinen Nacken schmiegte.

„Der schaut einen aber dreist an, wirklich unhöflich!" Als David das hörte, lachte er mich aus.

„Unsinn, Yōko, das ist doch Unsinn! Wo du es in Wirklichkeit doch gern hast, von einem Mann dreist angeschaut zu werden! Wenn Lane dich nicht frech angeschaut hätte, hättest du dich im Gegenteil bestimmt beleidigt gefühlt!"

„Na, David Hall, du scheinst mich ja gut zu kennen! Dann möchte ich aber gern von dir hören, wie das später mit mir noch ausgehen wird."

„Das ist nicht schwer. Die Maske der stoischen kühlen Yōko wird weggeschmolzen durch die Hitze der inneren Lust und Erregung, und was darunter hervorkommt, ist die nackte Begierde – und Yōko ist nur noch Frau."

„Offenheit wird sehr verletzend, wenn sie ein gewisses Maß überschreitet, David. Mit Rücksicht darauf, daß du zuviel getrunken hast, will ich dir diesmal noch verzeihen. Aber Dave, ich bitte dich: sei netter zu mir."

David gab mir einen Kuß auf die Stirn, und wir versöhnten uns. Während wir Lane mit einem Tablett mit Bier und Whisky zurückkommen sahen, flüsterte David mir leise zu: „Es ist zwar indiskret von mir – aber ist er nicht wirklich genau dein Geschmack?"

„Mein Geschmack?"

„Schwarzes Haar. Blaue Augen. Und auf seinem hübschen Gesicht ein verletzter Ausdruck."

26

„Habe ich denn je mit dir über meine Vorliebe gesprochen?"

„Hast du durchaus. Soll ich dir sagen, wann das war?"

In dem Moment mischte Lane sich ein: „Tut mir leid, eure Unterhaltung zu stören, aber – das geht auf meine Rechnung." Und mit diesen Worten überreichte er mir einen Whisky und David ein Bier.

„Danke, Lane", sagte David höflich und flüsterte dann schnell in mein Ohr: „Letzten Sommer in deinem Bett."

Ich biß mir leicht auf die Unterlippe. Unsere Blicke tauchten ineinander, und David nickte grinsend.

Lane kam im Bogen herum neben mich, lehnte sich an den Tisch und sah mich an.

„Kommen Sie öfters hierher?"

„Ja, manchmal."

„Wir sind uns noch nie begegnet."

„Vielleicht sind wir uns begegnet. Es könnte doch sein, daß wir uns gegenseitig nur nicht bemerkt haben."

„Dann hätten wir uns längst kennengelernt. Ich hätte sie keinesfalls übersehen!"

(Ich auch nicht, bestimmt nicht, Lane.)

„Ihre Übersetzungsarbeit – was übersetzen Sie da?"

„Hauptsächlich von Tonbändern. Ich tippe sie ab und übersetze sie. In letzter Zeit waren es oft Bänder von Interviews oder von Diskussionsrunden der Frauenrechtlerinnen."

„Interessant?"

„Ehrlich gesagt, interessiere ich mich nicht allzusehr dafür. Eigentlich möchte ich lieber Kurzgeschichten mit satirischem Einschlag oder Stücke mit schwarzem Humor übersetzen. Zum Beispiel so etwas wie von Roald Dahl, kennen Sie den? Aber solche Arbeit krieg ich überhaupt nicht."

„Schade", sagte Lane und schwieg eine Weile, mit seinem Glas spielend. Von der Seite erklärte mir David:

27

„Er schreibt auch irgendeine Story."

„Ach? Ihre Sachen möchte ich aber unbedingt lesen. Was wird denn das, was Sie da schreiben?"

Darauf sagte Lane, irgendwie unbeholfen und stockend: „Meins hat weder mit Satire noch mit schwarzem Humor und auch nicht mit Emanzipation zu tun, es ist einfach nur eine Story. Eine, die nur Menschen schildert. Kommen Sie mal zum Anschauen?"

Diesen letzten, wie achtlos angefügten Satz ignorierte ich. Aber tief in meinen Ohren tönte er mit erstaunlicher Durchsetzungskraft weiter: Kommen Sie mal zum Anschauen? Kommen Sie mal?

Das Schweigen dauerte an, und ich konnte spüren, wie Lane mich aus dem Schatten seiner langen Wimpern heraus ansah. Als er danach wieder etwas sagte, fand sich in mir schon eine große Vertrautheit mit seiner Stimme.

„Sie sind eine Frau, die sich sehr sexy kleidet." Bei diesen Worten erinnerte ich mich an das, was David kurz vorher gesagt hatte, und mir war unbehaglich. Als ich unwillkürlich auf meine Brust hinabschaute, bemerkte ich, daß meine Brustwarzen je nach dem Lichteinfall ein wenig durchschimmerten. Und mir wurde klar, daß zugleich auch Lane dies bemerkte, und ich war verwirrt und geriet ganz aus der Fassung.

„Kennen Sie Jane Birkin?" fragte ich ihn.

„Die grundsätzlich keinen Büstenhalter trägt?"

Ich staunte: „Sie kennen sich aber gut aus!"

„Das muß ich für meinen Job. Ich lese ja so allerhand. Besonders Klatsch und Skandalgeschichten und so."

„Ein Glück, daß ich keine Prominente bin!"

Lane lachte belustigt auf, und aus seinem fast geleerten Bierseidel trank er die letzten Schlucke in einem Zug, als ließe er sie direkt die Kehle hinunterlaufen. Dieses typisch männliche Verhalten faszinierte mich. Ich fragte: „Ist das ein Job bei der Presse?"

„So in etwa. Ich arbeite für die NW-Zeitschrift. Aber nur als kleiner freier Mitarbeiter."

Das Gespräch kam wieder auf Jane Birkin zurück.

„So etwas wie einen Busen hat die überhaupt nicht, deshalb – wenn Sie mich fragen – gehört sie gar nicht zu den Frauen."

„Schade, daß sie nicht Ihrem Geschmack entspricht", sagte ich, in der Tat etwas entmutigt. „Aber zum Glück gibt es auf der Welt auch noch Männer, die einen kleinen Busen sexy finden – erstaunlich viele sogar."

Darauf warf Lane einen betont verstohlenen Blick auf meine Brust und sagte: „Aber Ihrer ist ein bißchen besser als der von Jane!" Er faßte sich mit der Rechten an die Stirn, und dann lachte er plötzlich los. Auch ich wurde von seinem Lachen angesteckt. Und während wir lachten, wußten wir überhaupt nicht mehr, was denn so komisch war, und wir lachten so, daß uns die Tränen kamen. David sah zu uns beiden, wie wir lachten, herüber und hob die Augenbrauen, als wolle er fragen: Was ist denn?

„Lane hat nämlich gesagt", strengte ich meine vor Lachen erstickende Stimme an, „ich sei ein bißchen besser als Jane Birkin."

Lane schien sich totlachen zu wollen. Mit einem gezwungenen Lächeln fragte David zurück: „Inwiefern denn besser?"

„Kennst du Jane Birkin?"

„Kenne ich nicht", sagte David.

„Schon gut. Dann brauchen wir es auch nicht zu erklären."

David zuckte die Schultern und murmelte: „Ihr Trunkenbolde!" Er warf einen Blick auf seine Armbanduhr und wandte sich dann zu Jill hinüber, und sie hob ihr Gesicht und sah David an. Über die Schultern und Köpfe der Leute hinweg tauchten die Blicke der beiden ineinander, und Jill nickte und stand auf. Sie legte ihre hell behaarte Hand auf

Annes Schulter und flüsterte ihr etwas zu, machte eine Abschiedsgeste und kam zu uns.

„Möchtest du schon nach Hause, Liebling?" fragte sie David.

„So langsam. Es ist doch Zeit, daß die Kinder ins Bett gehen. Morgen muß ich ja auch früh raus."

„Das Flugzeug geht doch um neun, nicht? Ich würde dich gern hinbringen, aber ich muß ja zur Arbeit."

„Das macht doch gar nichts", antwortete er zärtlich und drückte Jill in seinen zu langen Armen an sich.

Überrascht fragte ich: „Ach, David, du fliegst weg?"

„Nach Hongkong, geschäftlich. Eine grausame Geschichte."

„Oh, wußte ich gar nicht. Gehst du für lange?"

„Für sehr lange Zeit. Wenn ich zurückkomme, bin ich vielleicht weißhaarig oder gar kahlköpfig!" Dabei küßte er Jill auf die Wange und fragte sie:

„Würdest du auch dann noch mit mir schlafen?"

Jill lachte: „Natürlich, du."

„Also, Dave, wie lange dauert nun die Geschäftsreise?" wiederholte ich meine Frage.

„Genau einen Monat. Wirst du denn während meiner Abwesenheit ein bißchen an mich denken, Yōko?"

„Natürlich, Dave. Wenn du nicht da bist, lohnt es sich auch nicht, hierherzukommen. Alle werden dich sehr vermissen."

„Das freut mich! Hast du gehört, Jill? Danke, Yōko. Auch wenn es nicht stimmte – daß du so von mir sprichst, freut mich doch sehr."

David machte die Runde am Tisch mit Phrasen wie: „Also tschüs . . . Alles Gute . . . Good luck, Lane . . . War nett, euch zu treffen . . .", und als er dabei zu mir kam, flüsterte er an meinem Ohr: „Hast du Lanes Hände gesehen? Seine Hände sind so glatt wie die einer Frau!", und kitzelte mich auf dem Magen. Und ich trat mit der Schuhspitze ge-

30

gen Davids Schienbein. Danach gingen die beiden, allseits von „Bon voyage"- und „Good luck"-Rufen begleitet, in gehobener Stimmung hinaus.

„Netter Junge", murmelte Lane neben mir wie im Monolog. Es war schon fast Mitternacht, aber das Lokal hatte noch ziemlich viele Gäste.

„Also", brachte Lane in ziemlich angestrengtem Ton heraus, „wollen Sie den ganzen Abend hier stehen bleiben? Oder wollen wir noch woanders hingehen und uns setzen? Und sollten wir nicht für den Magen sorgen – haben Sie vielleicht Hunger?" So hängte er viele Fragen aneinander.

„Hungrig bin ich nicht allzu sehr, aber . . . hier ist es allerdings langweilig. Falls Sie etwas essen wollen, kann ich Ihnen gern ein bißchen Gesellschaft leisten."

„Also entschieden, so machen wir's", sagte Lane und nahm mich gleich am Arm. Und zusammen traten wir aus dem Lokal.

*

Die Nacht von Roppongi. Die vertraute Stadt. Am Rand dieser Stadt schlafe ich, und da wache ich auf. Unzählige Begegnungen und fast ebenso viele Trennungen habe ich durchlebt. Voller Erinnerung ist das harte Steinpflaster der ins nächtliche Azabu-Jūban führenden Bergstraße, die ich schon weinend hinuntergelaufen bin. Ob in Kummer oder in Freude – immer wenn ich mich hierhin oder dorthin umwandte, sah ich gleich vor mir den Tokio-Tower aufragen. Der einer geschmückten Frau gleichende nächtliche Turm hat, meine jeweiligen Stimmungen subtil widerspiegelnd, manchmal strahlend schön und manchmal erschreckend gewöhnlich ausgesehen. Außerdem gibt es in dieser Stadt das Büro von Nishiwaki Shunsuke, in dem er den größten Teil des Tages verbringt – ein Umstand, der mich außerordentlich beruhigt. Die Nacht von Roppongi ist zu mir immer gütig und nachsichtig gewesen.

„Die Nacht hat doch gerade erst angefangen. Und wir beide sind frei." Lane schaute mich fest an: „Stimmt's?" fragte er.

„Hm, ja."

Darauf nahm Lane meine Hand und hielt sie fest, indem er sie mit seiner großen, warmen, verschwitzten Hand umschloß, und wir machten uns auf den Weg durch das mitternächtliche Roppongi in Richtung auf das Stadtzentrum. Sein Schritt war leicht. Und da versuchte ich mir einzureden, daß ich noch jung genug sei und daß ich jetzt, da, wie Lane gesagt hatte, die Nacht gerade angefangen hatte, auch meinerseits frei sei.

Den Tower hinter uns lassend, der nun, da über die Hälfte seiner Lichter erloschen waren, still in den Schatten getreten war, liefen wir weiter und gingen dann in Richtung Tameike rechts hinunter.

Wo Lane mich hinführte, das war ein kleines Hähnchen-Restaurant außerhalb von Roppongi. Dort setzten wir uns an die Theke, und wir bestellten Tsukune-yaki für ihn und Shisō-maki für mich und nahmen ein Bier beziehungsweise einen Whisky dazu. Und wir reihten ausgefallene Trinksprüche aneinander, so viele uns nur einfielen, und waren mit Feuereifer dabei, beim Sprücheklopfen lachten wir und waren voller Übermut, und beim Spiel mit Worten vergingen ungezählte Minuten wie im Traum – da hörte ich Lane wie beiläufig fragen:

„Bist du verheiratet?"

Den Bruchteil einer Sekunde muß ich wohl geschwiegen haben. Aber ich antwortete: „Nein, bin ich nicht." Gleich nach diesen Worten bereute ich heftig, daß ich gelogen hatte, aber ich fügte hinzu: „Glaubst du denn, daß eine verheiratete Frau um diese Zeit ausgehen würde?"

Lane lächelte. „Ich war sieben Jahre mit einer Chinesin

verheiratet. Daher kann ich ein bißchen Schriftzeichen lesen. „‚Yōko' – wie schreibt man das?"

Auf der Theke aus unlackiertem Holz schrieb ich ihm mit der Spitze meines feuchten Eßstäbchens meinen Namen auf. Lane sprach ihn mehrmals laut vor sich hin: „Yōko, Yōko, Yōko, Yōko . . ."

Dabei betrachtete ich Lane von ganz nahem: diese von tiefschwarzen dichten Wimpern umgebenen, ins Violettblau spielenden Augen und dieses weiche, glänzende schwarze Haar, das viel schwärzer, kräftiger und voller war als meins.

Eine fremde chinesische Frau hat diesen Mann über die lange Zeit von sieben Jahren für sich allein besessen – von diesem Gedanken gepackt, wurde ich plötzlich brennend eifersüchtig. Ein nie gekanntes gewaltiges Gefühl war das, und es erschien mir beinahe einfacher, mich dieser Eifersucht ganz auszuliefern.

„Ich bin eifersüchtig auf diese Chinesin", flüsterte ich, von meinem Schwips beflügelt.

„Eifersüchtig! Die komplizierten Gefühle von euch Frauen kann ich nicht verstehen, Yōko. Das ist doch jetzt absolut nicht mehr nötig. Eine chinesische Frau zu heiraten, bedeutet, hundert chinesische Verwandte mitzuheiraten, und als ich das verstanden hatte, war es bereits zu spät." Ein Hauch von Schmerz huschte über Lanes Augen.

„Entschuldige. Sprechen wir nicht mehr davon."

„Ja, das war dumm von mir. Die Geschichte ist schließlich für dich uninteressant."

„Nein, so war es nicht gemeint. Ich wollte sagen, man sollte mühsam verheilte Wunden jetzt nicht wieder aufreißen. Oder ist die Wunde noch nicht vernarbt?"

„Schon vergessen." Und nach seinem zweiten Bier, das er an der Theke bestellt hatte, fragte er: „Was machen wir jetzt noch? Kommst du mit zu mir – wir könnten uns Bach anhören oder so . . ."

„Wollen wir nicht noch ein bißchen trinken?"

„Gut. Wohin gehen wir da? Ich bin ja nicht reich, weißt du. Jeden Monat muß ich mehrere hundert Dollar an meine frühere Frau zahlen", sagte Lane mit belegter Stimme. „Bis sie einen neuen Mann findet und wieder heiratet, bin ich nicht wirklich frei."

Dann schaute Lane mir ganz tief in die Augen: „Und du – was möchtest du jetzt noch machen? Nur trinken? Was ich will, ist nur das eine – das weißt du ja wohl."

„Ja, ich denke, ich weiß."

„Und du? Bist du dagegen?" Lanes Augen glänzten vor nicht länger verhohlener Lust.

„Hast du auf deinem Zimmer – hast du Whisky da?"

„Ja, hab ich. Auch Eis. Und auch reichlich Wasser dazu."

Ich lachte. „Also – gehen wir zu dir und trinken etwas."

Lane streckte mir seine Hand entgegen: eine schwere, heiße, schöne Männerhand. Von dieser Hand möchte ich berührt werden, dachte ich plötzlich. Vom Zentrum meines Körpers aus überlief mich der Schmerz der Sinnlichkeit wie in feinen Wellen. Da hörte ich Lane wie einen höflichen Jungen leise „Danke" sagen.

*

In Lanes Wohnung gab es keine Klimaanlage. Unter dem weißlichen Lampenlicht fand ich es entsetzlich schwül. Das Zimmer eines Mannes. Einzelne abgeworfene, unordentlich herumliegende Schuhe. Unzählige Bücher und Zeitschriften, benutzte Gläser und Aschenbecher. Direkt auf dem Fußboden abgestellt eine elektrische Schreibmaschine. Bei dieser heillosen Unordnung hatte ich aber erstaunlicherweise nicht den Eindruck von Unsauberkeit, sondern in einer Art von Gegenreaktion fühlte ich mich eher wohl dabei.

Aber all das war gar nichts im Vergleich zu dem ausgefallenen Prunk der zwei riesigen, ein Drittel des Zimmers einnehmenden Lautsprecherboxen und des sehr an ein Flugzeug-Cockpit erinnernden Verstärkers. Auf einem Tisch in der Zimmerecke lagen ein paar offenbar angelesene Bücher aufgeschlagen herum, bei denen mir besonders der Name Joyce ins Auge fiel. Zu Füßen des Tisches lagen Schallplatten auf der Erde. Als ich sie aufhob, sah ich, daß es Mozart und Bach war.

Um diese Eigenart des Zimmers zu erfassen, brauchte ich nicht erst mit unverhohlener Neugier umherzugehen. Es kostete mich nur dreißig Sekunden, aber während ich mich dabei so gleichgültig wie möglich gab, war ich zutiefst verwirrt. Wenn eine Frau zum ersten Mal in die Wohnung eines Mannes mitgenommen wird – wie soll sie sich denn verhalten, um das möglichst selbstverständlich aussehen zu lassen? Und worüber könnte man zu Beginn denn reden? Wenn Schweigen nicht arg unhöflich oder ein Zeichen von Verlegenheit wäre, könnte man es geschickter nutzen als jedes Gespräch, und wieviel besser wäre das!

Lane benahm sich ganz natürlich und schien völlig in sich zu ruhen, als hätte er meine Gegenwart vergessen – warum fühlte ich mich dagegen nur so beklommen? Vielleicht, weil ich mir ziemlich dumm vorkam. Geistesabwesend hatte ich eine Schallplatte in die Hand genommen, und als ich sah, was es war, sagte ich gepreßt:

„Barockmusik mag ich auch gern, am liebsten Händel." Warum sagte ich bloß „Händel", wo es doch in Wirklichkeit Bach ist?

Lane, der seit einer Weile vor dem Verstärker saß und das Gerät einstellte, gab, ohne sein Gesicht zu heben, zurück: „Freut mich, daß wir den gleichen Geschmack haben, Yōko. Ich bin nämlich der Überzeugung, daß es keine Musik gibt außer Barockmusik." Mit diesen Worten legte er eine Platte auf. „Und ich glaube, dieses Stück hier ist eigentlich die Krönung der Barockmusik, ganz zweifellos."

Was aus den beiden anormal großen Lautsprechern wie eine Flut hervorströmte, als erhöbe sich das Brüllen von Monstern, war das 2. Brandenburgische Konzert von Bach. Völlig geschockt von der ungeheuren Lautstärke, stürzte ich fast reflexartig zu dem Gerät und drehte die Lautstärke auf weniger als die Hälfte herunter. Zugleich beschwerte ich mich: „Ich hätte ja nie gemeint, von Bach erschlagen zu werden! Ich dachte, mir bleibt das Herz stehen. Hörst du immer mit solcher Lautstärke, Lane? Die Brandenburgischen Konzerte liebe ich zwar auch sehr, aber . . ."

„Du kennst dich aber gut aus! Spielst du etwa ein Instrument?"

„Es hört sich vielleicht wie Angeberei an, aber in meiner Studienzeit habe ich dieses Konzert sogar selbst gespielt."

„Da bin ich überrascht. Warum hast du das nicht vorher erzählt? Habe ich da vielleicht etwas Dummes gesagt und den Allwissenden gespielt? Welches Instrument denn? Geige?"

„Cello."

„Oh! Aber du hast doch gesagt, daß du jetzt Übersetzungsarbeiten machst. Spielst du denn nicht mehr Cello?"

Ich nickte.

„Und warum hast du aufgehört?"

„Das kann ich nicht in einem Satz sagen. Ich hatte wohl nicht genug Talent. Vielleicht auch, weil ich meinte, ich wollte die Musik auf andere Weise genießen."

„Und? Hast du sie genossen?"

„Ich glaube schon. Seit ich mit dem Cellospielen aufgehört habe, habe ich endlich erreicht, das Orchester im Ganzen hören zu können, aber dazu habe ich tatsächlich eine ganze Zeit gebraucht. Vorher konnte ich ja nichts hören als immer nur den Cellopart."

Lane schwieg. Ich war froh, daß er stumm blieb. Während unseres Schweigens schwoll die glanzvolle Bachmusik an und ab wie Ebbe und Flut. Ich hörte im Stehen zu und widmete mich ganz dem Brandenburgischen Konzert.

Nach einer ganzen Weile fing Lane mühsam an: „Yōko, willst du denn vielleicht nach nebenan gehen und dein Kleid und alles ausziehen?"

*

Lanes Schlafzimmer war einfach und mit grauem Teppich ausgelegt, und etwa die Hälfte des Zimmers nahm ein Bett mit dunkelblauer Überdecke ein. An seinem Fußende war in dem vom Nebenzimmer hereinfallenden Lampenschein an der Wand der Druck einer Picasso-Radierung zu erkennen. Das war der einzige Schmuck in Lanes Schlafraum. Hier war das Zimmer zum Schlafen. Oder für die Liebe.

Bald darauf, als ich gerade auf dem Bett saß und meine Strumpfhose auszog, kam Lane herein und ließ sich zu meinen Füßen nieder. Da schaute er zu mir auf, als ob er mich zum ersten Mal sähe. „Ach, Yōko! Ich bin so froh, daß ich dich gefunden habe."

Lanes Augen drängten sich dicht an mich, und im Halbdunkel verführte sein Mund meine Lippen. Lanes Haare streiften meine Hand, und ich verflocht alle zehn Finger darin. Glatt und haltlos glitten mir seine schwarzen Haare durch die Hände, wurden aufs neue von meinen Fingern erfaßt und entglitten mir wieder. Lane streckte langsam seine Hand über mich hin, und als er mit dieser heißen Hand dann meine Brust umfaßt hielt, lächelte er, wobei seine elfenbeinweißen Zähne zu sehen waren.

„Übrigens, Yōko, wenn ich dir jetzt gestehe, daß ich zu

37

den Männern gehöre, die eine kleine Brust sexy finden – glaubst du mir das?"

„Nein, Lane, ich glaube dir nicht. Vorhin im ‚Chalkot House' hast du mich ja damit sehr verletzt."

„Aber eine Frau mit großem Busen und kleinem Hirn habe ich noch nie gehabt!"

„Wirklich? Ich dachte, alle Männer wollen das so."

„Die Männer sind ganz verschieden. Mir jedenfalls ist nicht jede recht."

„Das tröstet mich ein bißchen. Eine Frau hat ja auch bestimmte Vorlieben in bezug auf den Partner. Für mich gibt es jedenfalls ein paar unverzichtbare Bedingungen."

„Deinen Geschmack kenne ich schon genau: Das bin ich."

Lanes glücklich glänzende Augen wanderten langsam über meinen Körper. In mir wallte die Lust auf und steigerte sich schnell. Lane hob seine brennenden Augen: „Yōko, ich will dich!"

Wie in Trance schaute ich in seine von Leidenschaft erfüllten Augen und suchte dort nach irgend etwas. Aber was ich darin fand, war nur der Glanz erwartungsvoller Sinnlichkeit. Aus dem tiefsten Inneren meines Körpers brodelte ein warmes Sprühen von Lust herauf. Und während mich ein Gefühl des Schmerzes überkam, öffnete ich langsam vor Lane meine Beine.

Dieser Akt, vor den Augen eines Mannes meinen Körper zu öffnen, quälte mich mit erdrückender Scham, und ich mußte mir mit der linken Hand fest die Kehle zupressen, damit ich nicht schrie.

Mit der anderen Hand strich ich über Lanes glühende Schläfe. Zögernd tastete sich seine Hand vor, und sanft machten seine Finger meinen Leib noch weiter auf. Mit warmer, feuchter Stimme flüsterte er: „Schöne Pussy!"

Wie viele Frauen hat dieser Mann wohl genauso gestreichelt und wie viele Male dieselben Worte gebraucht?

„Soll ich dich beißen?" flüsterte Lane wieder. Und ohne meine Antwort abzuwarten, zwängte er seinen Oberkörper zwischen meine Beine und legte sein Gesicht dahin.

Heißer Mund. Weiche Rosenlippen. Wie ein kleines Lebewesen die schlaue grausame Zunge. Und ganz vorsichtig schabende Zähne. Zeit der Wärme. Wie sehr war ich ihm dankbar für das alles!

Die unzähligen kleinen Schmerzen, die ins Zentrum meines Körpers trafen, und das Gefühl der Süße, das mich heiß durchdrang, machten, daß ich völlig die Sprache verlor. Von den Flammen im Innern meiner Augen verbrannt, schwand mir die Sehkraft. Und von den wilden Schreien, die in meinen Ohren gellten, riß mir das Trommelfell. In einem einzigen zentralen Punkt meines Körpers war ich auf Lane fixiert, und ich quälte mich in dem Versuch, seinem Schweigen zuzuhören und ihm Tausende von Worten mitzuteilen.

Was ich diesem schönen Unbekannten mit dem seidigen schwarzen Haar, der vor mir kniete, jetzt an Gefühl entgegenbrachte, war der Dankbarkeit ähnlich, und wenn es das nicht war, dann war es wirklich Liebe.

Noch ein Augenblick, und jener winzige Teil meines Körpers, der in Lanes Mund eingeschlossen war, wurde brennend heiß, und das wandelte sich zu einem von Schmerz kaum zu unterscheidenden explosiven Orgasmus. Im Nu in meinen Unterleib eingesogen, durchlief er mich wie ein Blitzstrahl durch das Rückgrat hindurch bis in alle Enden meines Körpers. Darauf ergab sich in Lanes Mund noch eine Zuckung, wie gepeitscht, und noch eine zweite und dritte, bis sie nach und nach zu immer schwächeren Hitzewellen verebbten und schließlich in der ewigen Dunkelheit meiner Gebärmutter erloschen. Aber tief in mir blieb eine kleine Glut zurück.

„O Lane, nun hast du mich allein vorangehen lassen",

protestierte ich mit rauher Stimme, die klang wie die einer Fremden.

„Wenn ich das mache, kann ich danach mit dir anstellen, was ich will, Yōko."

Durch Lanes starkes Verlangen wurden sein Mund, der Unterkörper, die wilden Beine und schweren Arme wie selbständig, als seien sie eigene Lebewesen. Da er noch unbefriedigt war, gierten alle seine Körperteile nach der Erfüllung und suchten sie verzweifelt. Lanes sprachlos gewordener Mund verschlang meine Lippen und geschlossenen Lider. Hell leuchtend spiegelten Lanes Augen seine Wollust wieder. Und mit starker geballter Kraft setzte er zum Angriff an.

„Jetzt dringe ich ein, Yōko", sagte Lane stöhnend. „Ich stoße deine Tür auf und gehe hinein, durch die vielen heißen Falten bis in die Tiefe. Yōko, sag mir doch etwas."

Verwirrt zog ich aus der Dunkelheit meiner Phantasie ein einziges Wort hervor und flüsterte es in Lanes Ohr. „Rede immer so weiter, Yōko, bleib nicht stumm!"

Ich suchte nach zärtlichen Worten. Teils erregt und teils ganz nüchtern, flüsterte ich von da an mit heißem Atem dauernd einen langen Monolog in Lanes Ohr, sonderbar durchsetzt mit äußerst trivialen Worten, mit Ausdrücken, die ich normalerweise nie benutze und die bestimmt nicht als anständig zu bezeichnen wären, und mit ungewohnten Wendungen, die ich sonst nie in den Mund nehme. Und dann ergoß sich Lane in mir.

*

Heftiges Schweigen. Nach kurzem, aber gründlichem Ausruhen hob Lane, indem er von den Hüften an abwärts so blieb, wie er war, nur den Oberkörper und zündete sich eine Zigarette an. Bei jedem Zug beleuchtete das Aufglimmen die Umgebung mit merkwürdig hellem Schein. Unwillkürlich wandte ich meinen Kopf aus dem Licht und versuchte, mit dem Handrücken mein Gesicht zu verdekken, eine schmerzliche Geste, denn ich wurde mir plötzlich meines Alters bewußt. Lane rügte das sofort.

„Danach – da sieht eine Frau doch am hübschesten aus!"

„Findest du wirklich, Lane? Ein Mann will doch, wenn er fertig ist, bloß noch schlafen – das Gesicht der Frau will er nicht mehr sehen, dachte ich."

„Das kommt doch auf den Mann an, Yōko. Du kennst wohl nur solche Männer, ja? Du Arme. Also, laß mich dein Gesicht gut anschauen!"

Bei Lanes zärtlichem Blick, mit dem er mir ins Gesicht sah, entspannte ich mich.

„Schau, deine Augen strahlen. Deine Lippen sind flammend rot wie Feuer. Vielleicht, weil ich dich zu wild gebissen habe? Haben sie denn sogar geblutet?" Dabei liebkoste Lane meine Lippen tröstend mit einem federleichten Kuß. Und sein Federkuß wanderte zu meiner Wange, meinem Ohr, den Hals hinunter. Das kitzelte mich sehr, nicht auszuhalten. Schließlich konnte ich nicht mehr an mich halten und kicherte. Da starrte Lane mich aufhorchend an: „Versuch doch noch einmal zu lachen, Yōko!" sagte er. „Über dein Lachen hat sich offenbar das Stück von mir, das noch in dir ist, sehr gefreut. Ach bitte, Yōko, könntest du nicht noch einmal lachen?"

„Aber Lane, wenn nichts komisch ist, kann ich doch nicht lachen."

„Gut, dann bringe ich dich eben zum Lachen." Lane drückte energisch seine Zigarette aus. Und indem er seine Beine mit den Innenseiten fest um meine Beine schlang, verankerte er seinen Unterkörper, und dann fing er an, mir wie einem Kind den Hals, die Seiten, den Bauch und den Unterleib zu kitzeln.

Es begann ein chaotischer großer Tumult. Lanes Lust

erwachte neu; er setzte seine Hände und Finger, Lippen und Zunge und seinen heißen Atem ein und fuhr fort, mich schonungslos zu kitzeln. Das war schon fast eine Qual, und mir schwanden beinahe die Sinne, um dieser Pein zu entgehen. Im nächsten Moment wurde ich aufgeputscht zu schwindelnder Erregung, mit sträubten sich alle Poren, und die Luft blieb mir weg. Wellenartig überfluteten meinen Körper unzählige aufbrodelnde Schmerzen. Mir wurde schwarz vor den Augen, und suchend streckte ich meine Arme nach Lane aus. Ich sackte weg in ein tiefes Gefühl des Verlorengehens, und dabei sah ich Lane weit in der Ferne langsam kreiseln.

Als ich nach einer langen Weile wieder auftauchte und die Augen öffnete, sahen Lanes Augen mich ganz aus der Nähe an. So allzu dicht vor mir schienen seine Augen zu glänzen wie der über einem schwarzen See aufgegangene Mond.

„Was war denn? Bist du okay?"

„Ja. Das ist das erste Mal, daß ich es so erlebt habe."

„Wie denn?"

„So, als seien alle meine Körperteile zu Geschlechtsorganen geworden. Als sei ich plötzlich abgestürzt aus sehr großer Höhe, mir schwindelte zwar, aber es war ein wunderbares Gefühl. Ich spürte den Orgasmus bis in alle Poren meines Körpers."

„Oh, phantastisch. Und das kam durch mich, nicht wahr?"

Anstelle einer Antwort küßte ich Lanes Handfläche.

Kurz danach richtete er sich auf. In Gedanken versunken wickelte er seine fünf Finger fest in mein noch atmendes und von Schweiß benetztes dunkles Haargestrüpp und zog kräftig daran, als kraule er einem geliebten Kind das Kopfhaar. „Können wir uns wiedersehen?" fragte er. „Wir beide werden uns doch wiedersehen, Yōko?"

„Ja, du warst wunderbar. Du hättest mich ja fast in den

Liebeswahn getrieben. Wie verrückt werde ich überall nach dir suchen. Sag mir, wo ich dich finden kann."

„Tagsüber arbeite ich ja meistens hier. Abends bin ich dann im ‚R & B' in Akasaka."

„Gut, ich komme ins ‚R & B' und schaue nach dir."

„Laß uns doch einen genauen Termin verabreden!" sagte Lane unzufrieden.

„Ich bin doch berufstätig. Da kann ich nicht gut vorausplanen. Lane, du benimmst dich, als wolltest du gleich nach dem Mittagessen die Speisekarte fürs Abendessen verlangen."

„Es war ja auch ein tolles Mittagessen, da freue ich mich aufs Abendessen erst recht."

„Du Vielfraß! Du hast dich doch gerade satt gegessen!"

Während er mir beim Anziehen half, fragte Lane noch einmal: „Willst du mir nicht wenigstens deine Telefonnummer geben?"

„Nächstes Mal, ja, Lane?" antwortete ich und fügte schnell an: „Schon morgen oder übermorgen abend komme ich ja ins ‚R & B'."

Es war schon gegen Morgen, als wir zur Hauptstraße nach Aoyama hinausgingen. Lane hielt ein Taxi für mich an. Als ich eingestiegen war, winkte er mir durchs Fenster jungenhaft mit dem Victory-Zeichen zu. Erst als ich die Gestalt von Lane, der regungslos mitten auf der Straße stehengeblieben war, nicht mehr sehen konnte, ließ ich mich tief in die Sitzpolster sinken und schloß die Augen.

Zu Hause in meinem Zimmer, wo der Morgen hereindämmerte, stellte ich den Wecker auf elf Uhr, und dann legte ich mich, allein wie ich war, an den Rand des großen Bettes, in dem mein Mann fehlte. Während ich einzuschlafen versuchte, stellte ich fest, daß ich mich wie ein grausames und hilfloses Kind fühlte. Früher als junges Mädchen schlief ich, wenn ich verletzt war und wenn ich litt, oft so wie heute, indem ich die Arme fest übereinan-

43

derlegte, als faltete ich meine Flügel auf der Brust zusammen, und die Beine hoch an den Bauch zog und mich einrollte wie ein Embryo. Während ich in tiefen Schlaf fiel, merkte ich, daß ich mich vor der Beziehung mit Lane zu fürchten begann.

*

In meiner elfjährigen Ehe hatte ich während der letzten drei Jahre mehrere Männerbekanntschaften gehabt. Seit ich die Dreiunddreißig überschritten hatte, hatte ich mich allmählich von dem vagen Gefühl beherrschen lassen, nicht mehr jung zu sein. Damals pflegte ich in den Arbeitspausen mein Gesicht oft lange im Spiegel zu betrachten. Nicht das Gesicht im Spiegel, das in allerbester Stimmung hineinschaute, wohl aber mein Gesicht in Zeiten des Leidens oder der Wut oder wenn ich so weinte, daß ich es vor Tränen kaum noch sehen konnte, enthüllte unvermeidlich, daß ich meinen Jahren entsprechend gealtert war.

Was mich mehr ängstigte als die Einsicht, daß vom Körper nach und nach das Jugendliche abblättert, war die Furcht, die seelische Spannkraft zu verlieren. Eben vor drei Jahren war es, daß ein Ereignis, das dies zu bestätigen schien, passierte und mich erschütterte: an einem Sommerabend am Strand.

Ich war vom Abendrot umgeben, bis in die Fingerspitzen übergossen von violettem Rot. Und da, während ich die ins Meer versinkende Sonne betrachtete, deren Schönheit meine Seele stets aufgewühlt hatte, merkte ich plötzlich, daß mir die heiße Begeisterung verlorengegangen war. Der Sonnenuntergang hatte sich unversehens in eine simple Naturerscheinung, eine bloße Gewohnheit zu verwandeln begonnen, und an diesem denkwürdigen Tag stand ich da wie versteinert vor Erschrecken, Empörung und Angst. Aber darüber zu trauern und zu wehklagen begann ich erst wirklich, als ich mich dann bei der nächsten Abenddämmerung und beim übernächsten Mal und von da an immer davon überzeugte, daß ich von diesem bewegendsten Schauspiel der Welt ausgeschlossen war.

Wenn man es so sehen will, hat mich im Sommer des nächsten Jahres auch noch das Meer im Stich gelassen. Dieses Meer, das mich in Fröhlichkeit und Verdrießlichkeit und Heftigkeit intim gesehen hatte, das mich getröstet und gesättigt und mir die unfaßbar schöne Welt präsentiert hatte, wies mich in jenem Jahr plötzlich zurück. Das Meerwasser hatte sich selbst im Juli kein bißchen erwärmt, und so nahm es mich in diesem ganzen Sommer nicht ein einziges Mal in sich auf.

Diesem Meer gegenüber, das mich fortwährend so ablehnte, wurde ich nach und nach, in einem ganz langsamen Prozeß, schließlich völlig gleichgültig. Was blieb mir auch sonst übrig? Die Beziehung zwischen dem Meer und mir schien mir vergleichbar zu sein mit der zwischen Mann und Frau oder, genauer gesagt, zwischen meinem Mann und mir. Daß ich mit dem Meer derartig zerfiel, bedeutete ja auch, daß ich körperlich an Jugendlichkeit eingebüßt hatte, und das war eine zusätzliche verletzende Grausamkeit.

Während ich selber zu spüren begann, daß mir meine Jugend entrissen wurde, wuchsen dagegen meine Sinnlichkeit und mein Hunger nach Sex. Es gab Zeiten, wo ich mir die nackte Begierde nach überreichlichem Sex keine Minute aus dem Sinn schlagen konnte. Daß mein Ehemann mich nie ganz befriedigte, hielt ich für unabänderlich, weil Leidenschaftlichkeit sich nun einmal nicht erzwingen läßt. Daß er in seiner Arbeit aufging, verstand ich vollkommen. Daß er dann am Wochenende mich und Erika im Ferienhaus zurückließ und selber mit seiner Jacht hinausfuhr, fand ich ja auch noch in Ordnung. Das alles verzieh ich meinem Mann. Aber seine Unwissenheit, daß er die Angst und die Gier seiner Frau gar nicht kannte, und seine arrogante Gleichgültigkeit, daß er das alles so weiterlaufen lassen wollte, konnte ich ihm nicht verzeihen.

Später, vielleicht in wenigen Jahren, würden die Männer sich nicht mehr nach mir umschauen. Und wieviel Aufschub würde mir vergönnt sein, bis die Blicke der Männer nicht mehr auf meinem Gesicht verweilen würden? Daß ich gerade jetzt, in den Reifejahren meines Frauenlebens, wo man seine Vollendung und Versiertheit erreicht hat, meines Mannes Interesse an mir als Frau nicht halten konnte, über diese Erkenntnis wehklagte ich und grämte mich.

Und da traf ich Ende Juni David Hall.

David war einer von den Freunden meines Mannes, und ich kannte ihn schon seit über einem Jahr, aber als Partner für eine Affäre hatte ich ihn nie in Betracht gezogen. David Hall war drei Jahre jünger als ich und Engländer wie mein Mann, und er arbeitete bei einer japanisch-englischen Handelsfirma.

An jenem Wochenende war mein Mann nicht wie sonst in Roppongi, und ich hatte eine Arbeitsbesprechung gehabt, die bis abends gedauert hatte, deshalb war ich anschließend einmal ins „Chalkot House" gegangen, das ich kannte, und dort befand sich David.

„Und Paul?" fragte er mich. Als ich antwortete, der sei ans Meer gefahren, sagte David heiter: „Dann haben wir heute nacht eine Chance, ja, Yōko? Oder besteht überhaupt keine Chance?"

Ich starrte David an, als sähe ich ihn an diesem Abend zum ersten Mal. Und dieser junge Engländer mit dem kastanienbraunen Haar und den warmen braunen Augen schaute mich, meinen Blick erwidernd, unsicher und bittend an.

„Dann stellen Sie sich erst mal vor!" befahl ich wie ein Richter, und er antwortete: „David W. Hall. Ich bin einunddreißig und Engländer. Ich bin ledig, das heißt, bisher unverheiratet."

„Gut, Mister Hall. Dann zu Ihrem Hobby, nennen Sie nur eins, bitte."

„Mit Frauen schlafen."

„Tolles Hobby, David. Dann lassen Sie mich mal Ihre Hände gut anschauen – so." Wenn mir in diesem Moment Davids Hände nicht gefallen hätten, hätte sich nie etwas zwischen uns abgespielt.

David streckte mir seine Hände entgegen. Die beiden schweren Hände waren so groß wie die eines Arbeiters, aber sehnig und intellektuell. „Bestanden, David."

„Was für ein Glück!" atmete er ächzend auf. Dann lachten wir fröhlich und unangebracht laut und prosteten uns zu. Und in diesem Sommer wurde David Hall mein Liebhaber.

*

In dem Jahr ging ich Mitte Juli mit meiner Tochter in das Ferienhaus meiner Eltern nach Karuizawa. Mein Mann besuchte uns dort jedes Wochenende.

David aber, mit Rücksicht auf meine zehnjährige Tochter, warf sich jede Woche einmal an einem Werktag gleich nach Feierabend in den Zug ab Ueno und kam abends um neun Uhr in Karuizawa an. Und am nächsten Morgen fuhr er um sieben wieder nach Ueno ab, so daß er meiner Tochter gar nicht begegnete.

Nur einmal in diesem Sommer nahm er zwei Tage Urlaub und verbrachte sie mit mir. Meiner Tochter erklärte ich, er sei der Missionar Smith. In Karuizawa gab es Missionare wie Sand am Meer.

An jenem frühen Nachmittag in Karuizawa, als wir in

47

dem flirrenden, alles überflutenden Sonnenschein unser Mittagessen eingenommen hatten, da war ich wirklich glücklich. Die Luft war frisch und aromatisch. Ein kleines Eichhörnchen lief quer durch den weiten Garten, und wir lächelten uns an. Meine Tochter war zum Tennisspielen gegangen – wir waren allein.

„Was für ein hartes Los!" seufzte David. „Warum muß ich in meinem Alter solche Gewalttouren machen!"

„Ich weiß, warum: Dave mag Yōko eben."

Da warf er sich schnell vor mir auf die Knie, breitete theatralisch die Arme aus und rief: „Ja, so ist es. Ich bin dein Knecht. Wenn du mir sagen würdest, ich sollte deinen schönen Körper mit der Peitsche schlagen, dann würde ich ihn eben unter Tränen peitschen. Oder willst du mich schlagen? Und wenn du mir befiehlst, deine Füße zu küssen, dann mache ich das so, wie du siehst." Dabei leckte er mir wirklich die Zehen meines nackten Fußes.

„Aber Dave, hör auf! Das ist doch geschmacklos."

„Danke", rief er, sprang auf und schloß mich kraftvoll in seine jungenhaften Arme.

„Ich mag dich! Ich finde, ich bin ein Glückspilz, daß du mich genommen hast." Und da kam ihm die Erinnerung: „Übrigens damals im ‚Chalkot' hast du mir befohlen, meine Hände vorzuzeigen – erinnerst du dich? Nachdem du mir eine ganze Reihe Fragen gestellt hattest."

„Natürlich, das vergesse ich nicht."

„Aber wieso? Hat auf meinen Händen denn Goldstaub geklebt? Oder gefallen dir meine Hände nach dem Aussehen, das heißt, sehen sie vielleicht sinnlich aus?"

„Du schrecklicher Mensch!"

„Aber warum dann?"

„Jede Frau hat doch ihre unverzichtbaren Bedingungen, um mit einem Mann schlafen zu können, Dave. Für manche kommen dicke Männer nicht in Frage, oder manche finden es eklig, wenn man aus den Ohrlöchern Haare hervorragen sieht, oder für manche müssen Brusthaare da sein oder dürfen gerade nicht da sein. Ich jedenfalls schaue mir die Hände an. Zarte feminine Hände oder weiße schwabbelige Handflächen oder für einen Mann ungewöhnliche, überschlanke Finger – bei solchen Händen schaudert mich der Gedanke, davon berührt zu werden."

„Aber ich finde meine Hände eigentlich schlank."

„Ja, aber sie sind männlich schlank, vor allem groß und knochig, und deshalb ganz besonders schön."

„O Yōko, sollte eine Frau wie du wirklich so dumm sein? Es gibt Tausende von gewöhnlichen Männern auf der Welt, die männlich große und zugleich schöne schlanke Hände haben!"

„Ja, Dave, so wie dich."

„Richtig, wie mich. Aber Yōko, ganz im Ernst, das ist töricht von dir. Du scheinst ja nichts anderes im Kopf zu haben als Männergeschichten und ein dürftiges Vokabular. Aber nach deinem hübschen kühlen Gesicht und deinem flachen Busen bin ich rasend verrückt!"

„Aber Dave, wenn ich die Männer nach den Händen auswählte, bin ich bis jetzt noch nie enttäuscht worden."

„He! Wer war denn das alles?"

„Zuerst mein Vater – natürlich normal als Vater. Ihn habe ich sehr geliebt, und er hatte schöne Hände. Dann mein Mann – und jetzt du."

„Sonst keiner? Dazwischen hast du doch wohl ziemlich viele weggelassen! Mindestens deinen Liebhaber vom letzten Jahr, nicht? Und was war mit dem davor?"

„Kein Kommentar. Übrigens, bezeichne mich nicht als dumm! Solltest du etwa wirklich so geringschätzig von mir denken? Also, diesmal verzeihe ich dir noch. Als Abbitte solltest du mit mir ins Bett gehen und mich noch mal lieben, ja?"

„So eine wollüstige Frau! Du interessierst dich für

49

nichts außer mit Männern zu schlafen und laienhafte schlechte Artikel zu schreiben."

Aber plötzlich sagte David sehr ernst: „Also dann jetzt gleich. Zieh dein Höschen aus."

„Hier?"

„Ja, jetzt hier. Du setzt dich auf mein Knie, und selbst wenn jemand vorbeigehen sollte, kann er nicht erkennen, daß wir unter deinem luftigen Rock da Sex machen."

Kichernd streifte ich im Sitzen mein Höschen ab, und auf einmal hob David meinen Rock hoch. Meine Beine waren völlig entblößt.

„Nicht doch, Dave, was machst du denn da?"

„Es geht, also leg dich hier hin, Yōko. Es ist niemand da. Auch Jesus Christus drückt bestimmt die Augen zu. Wenn du dich ganz flach hinlegst, ist im Schutz der Gräser und des großen Baumes hier nämlich nichts mehr zu sehen. Ja, so geht es. Und jetzt stell dir vor, du seist im Himmel."

„Im Himmel? Zusammen mit Missionar Smith, ja?"
Wir lachten beide kichernd wie die Kinder und wollten uns ausschütten vor Lachen. Und dann schloß ich die Augen und legte mich hin.

David zwängte seine Knie zwischen meine Beine, um sie zu öffnen. „Nicht! Laß es uns doch nicht so machen, Dave, bitte!"

„Nachts im Bett machen wir es doch noch viel toller, oder?"

„Sei mir nicht böse, aber unter der Sonne möchte ich nicht. Ich fühle mich so schrecklich nackt und schutzlos und habe Angst."

„Das ist nur dein weiblicher Instinkt. Beruhige dich, Yōko. Der mannhafte Reverend Smith beschützt dich."

„Aber Dave, ich will trotzdem nicht. Geh weg da."

„Doch, bitte! Es gibt nur mich hier – und die Sonne."

Der ruhige Ton seiner Stimme wirkte auf mich. Ich gab nach und nahm den Widerstand aus meinen Füßen, und da wurden meine Beine aufgestoßen, und ich fühlte, wie der Sonnenschein zwischen sie hineinstrahlte. Es war ein weiches, warmes, sauberes Gefühl. Die Zeit verging langsam.

„Es ist ein sehr gutes Gefühl."

„Das soll es auch sein! Du verkehrst jetzt mit der Sonne. Die Sonnenscheinzunge leckt dich bis in deine innersten geheimen Falten. Wie fühlt sich das an – gut?"

„Du könntest wohl fast ein erotisches Gedicht machen, Dave! Die Scham hast du mir völlig genommen."

„Nichts ist so schmutzig wie falsche Scham."

Der Wind wehte von den Hochwiesen herunter, und das mystische Rauschen der unzähligen Eichenblätter über unseren Köpfen schien ewig zu währen. Die durch den Baum glitzernde Sonne fiel wie Schnee auf uns herab.

„Dave!"

„Ja?"

„Woran denkst du?"

„Ich schaue dich an."

„Und wie fühlst du dich? Sag es mir."

„Hm, ja, also: wie im Himmel. Recht so? Vom heiligen Baum rieseln üppig die Sonnenscheinblätter herab. Und darunter ein unschuldiger Engel. Obwohl er schon ein bißchen älter ist, schläft er mit nacktem Po wie ein Kind: das bist du."

„Du drückst dich ordinär aus."

„Das ist schon in Ordnung, drum schweig und hör zu. Ich bin ein Kind Gottes, der auserwählte Missionar Smith. Kannst du verstehen, wie sehr ich unter dieser Maske des bleichen Stoikers leide? Wirklich, Yōko, das ist wie eine Gewissensprüfung für mich: das zwischen den nackten Beinen des schlafenden Engels – bedeutet es für mich einfach eine wunderschöne Umgebung, oder sehe ich darin die schlüpfrige bodenlose Höhle, warm und feucht und mit einem Geruch wie vom grünen Moos des Waldesdickichts, das Dirnenloch, das immer wieder die Leidenschaft der Männer anstachelt?"

„Und wie denkst du also?"

„Ich oder der Reverend Smith?"

„Du, David W. Hall."

„David Hall hält es für eine schöne Umgebung." Bei dieser Antwort wurde Davids Stimme ganz leise, und eine Weile herrschte Schweigen zwischen uns.

Dann fragte ich behutsam noch einmal: „Und – der Missionar?"

„Dieser Smith", sagte David in wegwerfendem Ton, „der sieht das zwischen den weizenbraunen Beinen des Engels als schlüpfrige Höhle an. Der hat sich jetzt vor der Leidenschaft, die er verachten müßte, niedergeworfen und seinem Gott den Rücken gekehrt."

Aber dabei war in Davids Augen keine Flamme der Sinnlichkeit zu sehen. Seine klaren braunen Augen voller ruhiger Sanftheit hatten einen stillen und traurigen Ausdruck. An diesem Nachmittag verbrachten wir beide eine lange Zeit damit, einander in die Augen zu schauen.

Zur Teezeit gegen vier Uhr nahmen wir unseren Tee, indem wir nach englischer Sitte erst warme Milch in die Tassen gaben und dann mit dem heißen starken Tee auffüllten.

„Nichts geht über einen erstklassigen Tee nach englischer Art", sagte David glücklich.

„Ich habe auch Scone-Gebäck da."

„Echtes Scone?"

„Ja, echtes, wie deine Großmutter es machte. Ich habe es gebacken."

„Was, du? Da staune ich aber. Daß Yōko in der Küche emsig werkelt und sich mit Mehl bekleckert, das Bild kann ich mir überhaupt nicht vorstellen. Aber na ja – schön, ich nehme gern von dem Scone."

„Soll ich es warm machen?"

„Danke, nicht nötig. Zwei Stück mit reichlich Butter und Aprikosenkonfitüre, bitte."

Während wir Tee tranken, kam Erika vom Tennisspielen zurück.

„Ach, sind Sie immer noch da!" brummte sie mit einem flüchtigen Blick auf David, und unversehens streckte sie ihre golden gebräunten langen Arme aus, griff sich eins von Davids Scones und warf es sich in den Mund.

„Aber, was für ein Benehmen! Mit ungewaschenen Händen! Und zu sagen ‚Sind Sie immer noch da!', ist doch unhöflich gegenüber Herrn Smith."

„Verzeihung!" entschuldigte sich Erika in ihrer unbefangenen Jungmädchenart.

„Herr Smith", sagte ich und gab mir Mühe, ein ernstes Gesicht zu machen, „hat mir nämlich den ganzen Nachmittag gepredigt."

„Oh, worüber denn, Mama?"

Verlegen schaute ich zu David auf. Der antwortete gelassen: „Über Gott und über Engel."

„Könnten Sie das auch mit mir machen, Pater Smith?" Als Erika David so ansprach, stieß ich einen Schrei aus und schickte sie ins Haus.

„Iß etwas Scone in der Küche, und dann gehst du ja wohl gleich wieder weg. Vorher bring uns noch eins für Herrn Smith."

„Ja, Mama."

David wälzte sich vor Lachen auf der Wiese. „Warum mußtest du auch wieder Missionar Smith sagen..." meinte er, während er sich mit dem Handrücken die Tränen aus den Augenwinkeln wischte.

„Weil ein Missionar doch harmlos ist. Falls Erika zum Beispiel meinem Mann erzählt, ein Missionar Smith war da, wird mein Mann mich höchstens bemitleiden, nehme ich an."

„Aber ich halte Missionare nicht für ganz so harmlos, wie du sagst, Yōko."

„Wirst du wohl nicht so laut reden, Dave! Nebenan wohnt eine deutsche Missionarsfamilie!"

„Hab ja schon verstanden. Aber Yōko, war es denn nicht vermessen von den Missionaren, daß sie früher den heiteren, sinnenfreudigen Eingeborenen in Afrika auf ihre schwarzglänzenden Stirnen das Kreuzzeichen aufgedrückt haben?"

„Fängst du schon wieder an mit deinen scharfen Argumenten! Bitte sprich leiser, Dave."

„Okay, Yōko. Aber wie ich gehört habe, sollen in Hawaii die Reichsten und die Besitzer der besten Grundstücke doch die Missionare sein."

„Bist du da ganz sicher?"

„Absolut! Als die Kerle zuerst in dieses unberührte Paradies eindrangen, was haben sie da gemacht? Philister aus der ganzen Welt haben sie dort versammelt, und als Resultat ist dieses göttliche Hawaii jetzt eine besonders stinkende Insel geworden."

„Aber David, auf Hawaii ist es doch gar nicht so schlimm."

„Nicht schlimm! Oh Yōko! Gott erbarme sich dieser dummen Frau! Die Missionare erklären, vor Gott seien alle Menschen gleich, und mit demselben Mund essen sie feineres Fleisch als alle anderen und trinken noch edleren Wein als die französischen Snobs. Und die Kehrseite ist, daß auf der Welt täglich fünfzigtausend oder nein: vielleicht fünfhunderttausend Kinder verhungern. Gerade diejenigen, die da predigen ‚Teilet und gebet', die denken nicht im Traum daran, ihre eigenen Grundstücke, ihren Reichtum, die Liebe und – was am befremdlichsten ist – nicht einmal die Liebe Gottes mit uns zu teilen."

„Wie aufsässig von dir, unstatthaft! Du wirst noch erschossen, David! Hör schon auf damit. Und was die Liebe

Gottes angeht, so liegt es wahrscheinlich daran, daß du nur nicht bereit bist, sie anzunehmen, könnte man sagen. Aber ich habe keine Lust, darüber zu diskutieren."

„Schon gut", sagte er wieder ruhiger, wie ein Kranker, bei dem das Fieber plötzlich gesunken ist. „Mir wird eben nur ganz schlecht, wenn ich an diese Leute denke."

*

Der Sommer neigte sich dem Ende zu. Es war eine Nacht etwa eine Woche vor unserer Rückkehr nach Roppongi, und in unserer Sommerfrische auf der Hochebene herrschte schon Herbststimmung. Draußen regnete es, und wir starrten in die kleinen Flammen des Kaminfeuers. In dieser Nacht schlug David vor, daß wir uns trennen sollten.

„Es wäre besser, wir würden uns nicht mehr treffen."

„Meinst du?" Ich hoffte, meine Stimme würde nicht rauh klingen.

„Hm. In Tokio wäre es doch schwierig, uns zu treffen, ohne gesehen zu werden. Für den Anfang ein- oder zweimal im ‚Chalkot' oder im ‚R & B', das ginge vielleicht. Wenn da jemand sagen würde, Yōko und Dave waren zusammen, könnten wir uns noch herausreden."

„Aber öfter wäre unmöglich, nicht wahr."

„Ja. Dann müßten wir uns heimlich irgendwo an einem ganz abgelegenen Ort treffen. Und wenn wir dort dann nur ein einziges Mal von jemandem gesehen würden, wäre es ganz aus." Und dabei machte David mit dem Finger bei sich die Geste des Halsabschneidens.

„Hinzu kommt, wie du weißt, daß dein Mann ein Freund von mir ist. Das heißt, es sieht ganz danach aus, daß wir unsere bisherige Beziehung nicht länger fortsetzen können." David legte die Hand auf seine Brust und rieb sich dort unbewußt ziemlich lange, als schmerze es ihn dort. „Aufrichtig gesagt: Ich glaube, eher kann ich dich aufgeben, als meine Freundschaft zu Paul zu gefährden. Das ist also meine Entscheidung."

Ich konnte nur zu gut verstehen, was David sagte, aber seine allzu offenen Worte erzürnten mich. „Du sagst, du willst Paul nicht verletzen. Aber ist es nicht in Wirklichkeit dein eigener Ruf, David, den du nicht beschädigen willst?"

David starrte schweigend auf seine Hände, die er jetzt auf die Knie gelegt hatte. „Eine schöne Frau sollte nicht so scharfe Beobachtungen machen. Und wenn sie sie schon anstellt, darf sie sie jedenfalls nicht aussprechen. Das ist mein letzter Rat, Yōko. Aber die Antwort ist: Ja, du hast recht."

David streckte seine Hand aus und zog mich vom Teppich hoch auf seine Knie, umarmte mich und legte seinen schweren Kopf auf meine Schulter. „Ich könnte auch leben", sagte er, „wenn ich eine Woche lang nichts zu essen oder keine Frau zum Schlafen hätte, aber ich könnte nicht einen Tag länger in diesem Land verbringen, wenn ich wüßte, daß ich keinen einzigen Freund mehr hätte, der an mir Anteil nimmt." Dabei schloß er mich fest in seine Arme.

„Trotzdem habe ich dich so wahnsinnig gern, Yōko, Liebling! Mal abgesehen vom Abschiedsschmerz – können wir uns nicht jetzt trennen, indem wir nur die Erinnerung behalten, daß wir sehr glücklich miteinander waren?" Und dann fügte er noch rasch hinzu: „Paul habe ich nämlich auch sehr gern."

Erst in diesem Augenblick war ich bereit, David zu verzeihen. „Dann ist das also das Ende, ja?"

„Ja. Es ist am besten so."

„Aber was wird aus mir? Hast du einmal an meine Gefühle gedacht?"

„Du kommst schon zurecht. Die Trennung von mir wird dir gar nicht weh tun."

Ich war an Davids Körper gewöhnt und sehr abhängig geworden von seinen so vielfachen Ausdrucksformen der Leidenschaft und Methoden der Liebkosung. Seine obszönen Worte, die ich zu meinem Mann nie hätte sagen können, seine wollüstigen Spiele, Einfälle und Launen – alles war für mich Entspannung und Befreiung gewesen. David seinerseits hatte auch von mir viel Ausdauer und Geschick verlangt und war zu mir ungeduldig und schonungslos gewesen. Es hatte ihm sehr gefallen, daß ich mich verhalten hatte wie eine Pariser Edelhure. So etwas wie Trennungsschmerz empfand ich nicht, aber ein Gefühl der Verlassenheit muß auf meinem Gesicht aufgeschienen sein.

„Mach nicht so ein trauriges Gesicht, Yōko! Ich hab dich sehr gern, das weißt du doch."

„Ja, aber du liebst mich nicht."

Darauf schaute David mir lange tief in die Augen und sagte dann: „Das wünschst du dir wohl auch gar nicht, Yōko. Auf meine Art liebe ich dich schon, glaube ich. Und du, Yōko? Du liebst mich sicher nicht?"

„Ehrlich gesagt, die Antwort ist Nein." Mit gesenkten Augen schüttelte ich den Kopf. David machte eine pathetische Geste der Entsagung, und danach grinste er wie ein Clark Gable.

„Also dann ist es gut so?"

„Ja, es ist gut so!"

Ich lächelte auch, und damit war die Affäre dieses Sommers beendet – die Freundschaft blieb.

*

Daß ich Lane zum zweiten Mal traf, war schließlich sieben Tage nach unserer ersten Nacht.

Mein Mann hatte vom Tag davor, vom Donnerstag an Urlaub genommen und war zum Jachtsegeln in Richtung Shimoda und Ōshima aufgebrochen, bis Sonntag wollte er die ganze Zeit auf dem Pazifik bleiben. Damit war für mich endlich die Gelegenheit gekommen, das „R & B"-Lokal in Akasaka aufzusuchen.

Ich war sicher, daß Lane an diesem Abend dort sein müßte. Und er war da. Als ich die Eisentür aufdrückte und eintrat, hatte ich überraschend seinen schweren Blick direkt vor mir. In dem Moment, als sein Augenpaar meinen ganzen Körper umfing, schreckte ich zurück und fühlte mich gepackt von dem Impuls zu fliehen. Er hatte die Ellbogen schlaff auf die Theke gestützt, nur in den Augen hatte er einen seltsamen Glanz, und während ich näher kam, schoß er mir seine Blicke zu. Schließlich fragte er verhalten: „Hallo, Yōko, wie ist es dir denn ergangen?"

„Danke", antwortete ich betont heiter und seinen ironischen Ton ignorierend, „mir geht's gut. Und dir? Du siehst irgendwie müde aus."

Lanes Augenpartie unter den für einen Mann zu langen Wimpern wirkte schwärzlich und schmutzig.

„Aber du strahlst vor lauter Gesundheit. Schon wieder braungebrannt. Was hast du denn am Samstag und Sonntag gemacht? Ich habe auf dich gewartet!"

„Das Wochenende verbringe ich meist im Ferienhaus von Freunden. Hatte ich das nicht erwähnt? Das liegt direkt am Meer, und dort werde ich braun."

In diesem Akasaka-Lokal waren mehrere Bekannte von mir anwesend. Ein Freund meines Mannes machte mir zur Begrüßung mit gespreizten Fingern ein Victory-Zeichen, und ich wandte mich mit einem Lächeln in seine Richtung.

„Du hast ja ziemlich viele Bekannte aller Art", maulte Lane noch ironischer. Dann sagte er plötzlich: „Laß uns rausgehen!"

„Gut, aber könntest du zuerst hinausgehen?", bat ich ihn unbedacht, und sofort ging Lane, ohne seine deutlich verärgerte Miene zu verbergen, rasch nach draußen.

Ich ging zu dem Tisch mit der Gruppe meiner Bekannten hinüber und nahm an ihrer Unterhaltung teil. Um nicht auffällig kurz abzubrechen, setzte ich das belanglose Geplauder noch ein bißchen fort, und da flüsterte mir ein Mann, den ich nur zwei-, dreimal gesehen hatte, von der Seite zu:

„So allein? Wollen Sie den Abend heute nicht mit mir verbringen, Yōko?"

Ich warf einen flüchtigen Blick auf sein graues, vertrocknetes Gesicht und sagte eiskalt: „Nicht die geringste Chance – und übrigens ist mein Name nicht Yōko!" Beleidigt von dieser Arroganz, verfärbte sich das Gesicht des Mannes fast schwarz.

Das nahm ich als Gelegenheit, mich von der kleinen Gruppe zu verabschieden und nach draußen zu gehen. Völlig verärgert rauchte Lane seine Zigarette, wie ich sah. Schnell schlang ich meinen Arm um den seinen, ließ meine Hand in seine gleiten und sagte entschuldigend in zärtlichem Ton: „Wollen wir essen gehen?"

Lane legte die Finger an seine bleiche Schläfe und gab gekränkt zur Antwort: „Meinetwegen, ganz wie du willst."

„Lane, sprich nicht so mit mir."

„Tut mir leid", sagte Lane und drückte meine Hand in der seinen kräftig. „Seit neulich habe ich jeden Abend im ‚R & B' auf dich gewartet. Und wenn du nach acht Uhr nicht erschienen warst, bin ich noch nach Roppongi ins ‚Chalkot' gegangen und habe nach dir gesucht."

„Ich hatte viel Arbeit hereinbekommen", schwindelte ich heiser. Meine Zunge im Mund schien geschrumpft zu sein.

„Auch abends?"

„Ja, weil ich abends besser mit dem Schreiben vorankomme."

„Und am Wochenende warst du im Ferienhaus deiner Freunde, nicht?"

„Ja, genau."

Wir gingen schweigend nebeneinander her. Dann fragte Lane, die Stimmung wieder aufbessernd: „Und was machen wir nun?"

„Bist du noch verärgert?"

Lane gab mir eine Weile keine Antwort und schob sich im Gehen eine „Seven-Star"-Zigarette zwischen die Lippen. „Ich bin nicht verärgert. Ich weiß nur nicht, wie ich mit dir umgehen soll. Ich finde dich eine schrecklich rätselhafte Frau."

Weil ich in Wirklichkeit eine Lügnerin bin, Lane.

„Laß uns doch tanzen gehen, zur Versöhnung. Hast du was gegen Rockmusik?"

„Allerdings, das mag ich nicht. Nichts sieht komischer aus als ein tanzender Mann."

„Du bist fad. Ich liebe es, wenn ich betrunken bin, zu tanzen wie verrückt."

„Entschuldige, aber als Partner für so etwas komme ich gleich gar nicht in Frage."

„Du bist böse. Du wirkst ja wie ein träger Mann in mittleren Jahren."

„So ist es, ich bin ein träger Mann in mittleren Jahren. Aber nicht auf allen Gebieten! Nachher sollst du dich gut daran erinnern, Yōko! Ich werde dir die ganze Nacht nicht verzeihen!"

In diesem Moment tauchte in meinen Gedanken das Meer bei Akiya auf. Warum wohl? Plötzlich war in mir der unbändige Wunsch aufgestiegen, Lane mitzunehmen in Pauls und mein Haus, das an der Steilküste am Meer steht. Mein Mann war ja auf dem Pazifik, und meine Tochter hatte ich in meinem Elternhaus in Obhut gegeben.

„Wollen wir nicht jetzt eine Autofahrt machen?"

„Aber wohin?"

„Ans Meer. Wie sonst, zu dem Ferienhaus der Freunde. Wie wär's?"

60

„Na schön. Mit welchem Wagen? Nehmen wir meinen alten Karren?"

„Das ginge."

Und so wurde diese Idee ohne Umstände in die Tat umgesetzt. Lanes Laune besserte sich, und indem er meine Schulter umfaßte und mich an sich gezogen hielt, gingen wir zu seiner Wohnung hinter der Aoyama-Avenue, um seinen Wagen zu holen.

Lanes gebraucht gekaufter Cedric erinnerte mich gleich daran, wie es in seinem Zimmer ausgesehen hatte. Zusammengeknüllte Papiertüten, leere Saftbüchsen und ein zerknittertes T-Shirt warf Lane kurzerhand auf die Hinterbank und plazierte mich auf dem Beifahrersitz. Als ich aus alter Gewohnheit den Gurt anlegte, machte Lane sich mit einem Seitenblick darüber lustig, während er den Motor anließ. Welch ein Unterschied zu meinem Mann! Paul poliert den Wagen innen und außen und verabscheut es, wenn auch nur ein Staubkörnchen liegenbleibt. Und er erlaubt mir niemals, auf dem Beifahrerplatz ohne Gurt zu sitzen, und schnallt sich beim Fahren natürlich auch selbst an.

Lane legte den Gang ein, faßte kräftig ins Lenkrad und fuhr los; sein Profil zeigte einen angespannten Ausdruck. Als wir die Autostraße Keihin 3 erreichten, erhöhte er das Tempo auf neunzig. Die Augen konzentriert nach vorn gerichtet, fuhr er nun völlig entspannt und brachte mich zum Lächeln, indem er eine Menge geistreicher Scherze und raffinierter Schmeicheleien aneinanderreihte. Dann wurde Lanes Aufmerksamkeit auf die untergründig aus dem Radio rieselnde Musik gelenkt, und er langte mit der einen Hand hin, um sie lauter zu stellen. Das war nämlich das Stück ‚Frühling' aus Vivaldis ‚Vier Jahreszeiten' in einem Rockmusik-Arrangement. Lane schnalzte mit der Zunge und wollte es sofort mit einem Handgriff abdrehen. Ich hinderte ihn daran:

„Bitte, ich möchte das hören!"

Die von höchster Heiterkeit getragene Musik erfüllte den Wagen. Der angerauhte Klang des Flötensolos zeichnete eine Frühlingslandschaft mit leichter Melancholie, so, als sei mitten in hellen Sonnenschein ein Tropfen Trübnis gefallen. Unabhängig davon waren die im Hintergrund stetig stampfenden Trommeln so sinnlich, daß ich am ganzen Körper eine Gänsehaut bekam. Ich stellte die Musik noch lauter und rief:

„Wundervoll, Lane, die ,Vier Jahreszeiten' so einfach und schön zu hören!"

Zustimmung erheischend drehte ich mich zu Lane, aber der preßte sich mit verkrampftem Gesicht in den Fahrersitz. Seine ganze Haltung drückte Ablehnung aus. Und wie nicht anders zu erwarten, schrie er:

„Unsinn ist das, so etwas zu machen! Wer die ,Vier Jahreszeiten' auf Rockmusik frisiert hat, den Kerl könnte ich umbringen! Das ist doch nur Krach! Ich bitte dich, Yōko, dreh das runter, bevor ich mit dem Wagen irgendwo aufpralle!"

Ich tat, wie mir geheißen, und Lane murmelte „Danke" zwischen den Lippen. „Musik sollte man nämlich mit den Ohren hören und nicht wie mit Kanonenschlägen in den Bauch gehauen kriegen", belehrte er mich. „Wenn ich nicht wüßte, daß du früher mal Musikerin warst, würde ich deinen Geschmack als Bildungsmangel verstehen, und da würde ich dich gleich aus dem Wagen rauswerfen!"

„Du brauchst doch nicht derartig in die Luft zu gehen, Lane. An Musik soll man Freude haben. Im Japanischen schreibt man ,Musik' mit dem Schriftzeichen für ,Freude'. Vivaldi von einem Streichorchester gespielt – das ist großartig. Aber ihn einfach mit Trommeln und Blasinstrumenten als Rockmusik zu arrangieren – das tut ihm doch keinen Abbruch! Es ist eben nur die Frage, ob man das mag oder nicht mag. Und was die Lautstärke angeht: Hörst du selber nicht Bach und Mozart so laut, daß fast das Fensterglas zerspringt? ‚Kanonenschläge in den Bauch gehauen kriegen' – das klingt ja fast wie: einen tödlichen Herzinfarkt kriegen! Ich jedenfalls habe solche Aufbereitung als Rockmusik gern."

„Und ich hasse sie. Schade, da sind wir verschiedener Meinung. Auch bei Mozart – ich halte an der Originalfassung fest."

„Das ist es wohl: Ich halte nicht an ihr fest. Das ist eben der Unterschied." Und damit war die Diskussion beendet.

Wir kurvten geraume Zeit durch Fujisawa, und danach fuhren wir die Küstenstraße entlang.

Zu unserer Rechten war das nächtliche Meer in seiner Schwärze zu sehen, und von dem nur dort wehenden starken Wind gebauscht, liefen die Wellenkämme wie unzählige weiße Hände schräg über die Meeresoberfläche aufs Land zu. Wenn sie den Strand erreicht hatten, kratzten sie mit ihren feinen weißen Schaumfingern den Sand zusammen und verschwanden wieder, indem sie ihn mit sich in die Tiefe des Meeres hinauszogen. In welcher Gegend war Paul wohl jetzt auf See? Irgendwann hatte mein Mann einmal gesagt, bei Nacht sei das Meer unergründlich dunkel.

Nach langem Schweigen fing Lane mühsam an: „Yōko, verheimlichst du etwas vor mir?"

Einen Augenblick war ich sprachlos und starrte auf das dunkle Meer.

„Du kannst nicht erwarten, daß ich schon alles von mir erzählt hätte." Meine Stimme zitterte. Könnte ich nicht den Sinn von Lanes Frage schlau umdeuten?

„Weißt du zum Beispiel, Lane, daß ich die Bilder von Braque mag? Oder habe ich Erneste Chausson und César Franck schon erwähnt? Auch, daß ich mich intensiv mit Psychoanalyse beschäftige und mit Horoskopen? Wenn deine Frage so zu verstehen war, Lane, dann habe ich sicher noch viele Geheimnisse. Ach, und vor allem weißt du ja noch nicht, daß ich eine ausgezeichnete Köchin bin. Gibst du mir Gelegenheit, das zu beweisen?"

„Okay. Und was für ein Festmahl willst du mir vorsetzen?" In Lanes Ton schwang noch immer Verdacht mit.

„Japanische oder auch chinesische Küche."

„Chinesisches Essen habe ich ja sieben Jahre lang genossen, leider."

„Ach ja, richtig. Also dann – wie wär's mit Roastbeef vom Lamm? Magst du Lammfleisch? Ja? Dann ist das also abgemacht. Nächste Woche kaufe ich im Kinokuniya-Supermarkt beizeiten eine tiefgefrorene Lammkeule."

„Gute Idee. Ein Roastbeef vom Lamm habe ich schon seit Jahren nicht mehr auf den Teller bekommen."

„Na fein. Übrigens, hast du denn in deiner Wohnung einen Backherd?"

„Tut mir leid, Yōko, aber du kannst doch nicht erwarten, daß ich einen hätte. In der Küche eines alleinstehenden Mannes gibt es nur Dosen mit Fleischbohnen oder Campbell-Suppen und Nescafé."

„Dann bereite ich es bei mir zu und bringe es dir, gleich wenn es fertig ist, mit dem Taxi hin."

„Da würde ich mich freuen! Und wann?"

„Wahrscheinlich nächsten Freitag abend." Gut hingekriegt, Yōko! Das war eine gefährliche Klippe gewesen, aber ich hatte – eine männliche Schwäche ausnutzend – das Thema auf die Gaumenfreuden umlenken können.

Lane bog so, wie ich es ihm mit der Hand beschrieb, in einer großen Kurve um den Kreisel nach Hayama ein, und dabei fragte er noch einmal, sich vergewissernd: „Also versprochen, ja?"

„Ich bemühe mich", antwortete ich sehr vorsichtig. Versprechen ging leicht, aber ich wollte ihn ja auch nicht enttäuschen. Und der Plan für den Freitagabend hing von meinem Mann ab. Ich würde dann nächste Woche wieder meinen Mann davon zu überzeugen haben, daß ich allein zu Hause in Roppongi bleiben müßte, unter dem Vorwand zu arbeiten, und dieser Gedanke belastete mich.

Lane nahm meine Worte kritisch unter die Lupe: „Was soll das heißen – du bemühst dich? Kannst du dir nicht wenigstens deine Zeit selber einteilen?"

„Reg dich nicht gleich auf, Lane! Wenn sich nächste Woche in irgendeinem südostasiatischen Land ein Putsch ereignen würde, dann würdest du doch auch gleich zur Materialbeschaffung hinfliegen, ohne dich mit mir abzusprechen, oder?"

„Bring deine Probleme nicht mit meiner Arbeit durcheinander! Außerdem – wenn ich nicht weggehen will, brauche ich nicht zu gehen. Ich habe die Freiheit, mir den Inhalt meiner Tätigkeit selbst auszusuchen. Bei dir ist jedes zweite Wort Arbeit und Arbeit, aber hängt deine Arbeit etwa mit so etwas wie einem Putsch oder vielleicht Liz Taylors Scheidung oder ihrer Wiederheirat zusammen?" sagte Lane in einem Ton, als habe er es satt, und trat kräftig aufs Gas. Der Wagen schoß nach vorn und schwankte bedenklich.

„Wir sind erst das zweite Mal zusammen, aber wir streiten uns wie ein Ehepaar, das schon drei Jahre zusammenlebt, findest du nicht?"

„Du weißt ja recht gut Bescheid, Yōko, wie es bei einem Ehepaar zugeht, das drei Jahre zusammenlebt!" Aber dann sagte Lane in verändertem Ton: „Es tut mir leid, entschuldige."

„Übrigens", fing Lane dann wieder an, „dieses Ferienhaus in Akiya – wem gehört das denn?"

Innerlich verfluchte ich mich, daß ich auf eine Antwort hierauf nicht vorbereitet war, und erwiderte: „Leuten, die du nicht kennst." Und nach kurzem Überlegen fügte ich hinzu: „Einem Ehepaar – eine japanische Frau und ein Engländer, mit einer Tochter." In meiner Vorstellung tauchten die große Landkarte von England, die an einer Wand des Wohnzimmers hing, und Erikas Mädchenzimmer auf.

„Hm. Und wie heißen die?"

„Wieso, Lane, das braucht dich doch nicht zu kümmern."

„Ich dachte nur, vielleicht jemand, den ich kenne. Wie ist denn der Name?"

„McBright . . ." – unversehens hatte ich den Namen meines Mannes ausgesprochen!

„Der Vorname?"

„Paul."

„Kenne ich nicht."

Danach begann Lane sich aufs Fahren zu konzentrieren. Es roch plötzlich nach Salzwasser. Das Meer lag vor uns, aber in der Dunkelheit war es nicht zu sehen. Unsere Fahrt war fast zu Ende.

Warum hatte ich bloß den Namen meines Mannes preisgegeben? Ich hätte doch besser einen erfundenen Namen angeben sollen! Wäre Lane noch einen Schritt weiter gegangen und hätte nach dem Namen der Frau dieses Paul McBright gefragt, welchen Namen hätte ich denn da schnell gesagt? Ich zitterte unmerklich neben Lane und kaute nervös auf meinen Fingernägeln, während ich durchs Autofenster in die Dunkelheit starrte.

Als wir das kleine Fischerdorf an der Bucht erreicht hatten, fuhren wir, vorbei an den alten Fischerbooten zu unserer Rechten, noch ein Stückchen weiter, und dann führte der Weg einen kleinen Hügel hinauf und war plötzlich zu Ende. Weiter vorne war Pauls und mein Haus zu sehen. Wir stiegen aus und gingen, uns an den Händen haltend, in der fast kompakten Dunkelheit zu Fuß weiter, die paar Stufen der Tuffsteintreppe hinauf. Unter der kleinen Steinlaterne neben der Tür mußte der Schlüssel versteckt sein.

Die Tür ging auf, und als wir ins Haus traten, war es innen feucht und schwül. Ich riß sofort die Fensterläden auf und ließ den Seewind herein. Lane ging mit sichtlich großem Interesse in diesem Haus herum, in dem japanischer und europäischer Stil gemischt waren. Ich zündete den Lampion von Noguchi Isamu an, und der Kamin aus gemauerten Ziegelsteinen, den mein Mann an vielen Wochenenden nach und nach gebaut hatte, schaffte eine anheimelnde wohlige Atmosphäre.

Als ich in den Kühlschrank schaute, waren da etwa ein Dutzend Bierdosen von Paul sowie Schinken und Käse vorhanden. Ich nahm ein Bier heraus, holte ein Glas dazu und brachte es Lane, und für mich nahm ich Eis aus der Eiswürfelbox und goß mir Whisky zur Hälfte mit Wasser auf. Dann nahm ich noch ein Stück Schinken und den gelben Chesterkäse heraus und legte Cracker dazu. Und dann ließ ich mich in den großen schwarzen Ledersessel am Fenster fallen und trank meinen Whisky. Langsam löste sich meine Spannung.

„Wie wär's mit Musik? Möchtest du etwas hören?"

„Wenn du Bachs Partita mit dem Violinsolo dahättest, das wäre optimal."

„Die zweite?"

„Hm, mit der Chaconne . . ."

„Tut mir leid."

In dem Radiorecorder von Sony, der auf dem Kaminsims stand, lag noch eine etwa zur Hälfte abgespielte Kassette mit Daniel Riccari, die wohl mein Mann gehört hatte, und da schaltete ich ihn einfach so ein, wie er war. Es war ein gesungenes Scat-Arrangement nach einem Cembalo-Konzert von Bach.

„Daniels Gesang gefällt dir bestimmt auch wieder nicht, was? Sicher geht es dir unerträglich auf die Nerven, wenn Bach als Scat-Gesang daherkommt. Soll ich abstellen?"

67

„Es geht schon. Das ist kein so großes Problem. Ich will nicht mit dir streiten. Komm lieber her, Yōko."

Lane streckte seine langen Arme aus, zog mich in einer Umarmung, als wolle er mich in seinen Händen einschließen, an seine Brust und begrub sein Gesicht in meinem Haar.

Wir hörten Daniels Stimme, und nachdem sie geendet hatte, lauschten wir noch lange dem Rauschen des Meeres und dem Pfeifen des Windes.

Als ich am nächsten Morgen auf dem Sofa erwachte, konnte ich an dem glitzernden Meer, auf das ich durchs Fenster hinunterschauen konnte, und an der dünnen Bläue des Himmels sofort erkennen, daß der Morgen längst angebrochen war. Lane war nicht im Haus. Nachdem ich aufgestanden war und mir das Gesicht gewaschen hatte, trat ich auf die Terrasse hinaus und schaute zum Strand hinunter. Weder in der Umgebung des weiß glänzenden, die Sonne reflektierenden Leuchtturms noch auf den schwarz aneinandergereihten Felsen war so etwas wie eine menschliche Gestalt zu sehen. Im Vergleich zum Sonntag, wenn sich am Meer viele Leute im Badeanzug tummeln und fröhliches Kindergeschrei herauftönt, lag über der ungestörten Ruhe dieses Morgens der Schatten einer fast beklemmenden Einsamkeit. Alles verharrte in Stille, und an diesem Sommermorgen, der gleichsam den Atem anhielt, wiederholte nur das Meer dort, wo es ans Land grenzt, seine ewige Bewegung, in weichen Wellenspitzen heranzurollen und zurückzukehren. Ein leichtes Zittern durchlief mich, und es zog mich wieder vor den Spiegel zurück, wo ich mir Gesicht und Hals mit Sonnenöl einrieb und dann die Augen flüchtig mit schwarzem Schminkstift umrandete.

Danach machte ich Wasser heiß für den Kaffee. Am Fenster, von wo aus man das Meer überblickt, deckte ich den Frühstückstisch mit Toast und Kaffee, und da konnte ich sehen, wie Lane die Felsen zur Terrasse heraufgestürmt kam. Im nächsten Augenblick stand er vor mir und schwenkte seine ausgestreckten Arme. Sein Gesicht war von der Hitze gerötet, und sein schwarzes Haar war wild durchwühlt vom salzigen Seewind.

„Guten Morgen!" Damit gab mir Lane einen salzig schmeckenden Kuß auf die Lippen und sagte munter: „Laß uns nach dem Essen schwimmen gehen, Yōko! Das Meerwasser ist ganz herrlich."

Nach dem Frühstück machte sich Lane eilig den Oberkörper frei und stürzte sich in seinen Jeans ins Wasser. Immer weiter schwamm er hinaus in die offene See, und ganz aus der Ferne – nur sein Kopf schaute heraus – rief er schließlich nach mir. Ich gestikulierte ihm, mit den Schultern zuckend, daß mir das Wasser zu kalt sei.

Als Lane aus dem Meer zurückkam, trocknete er seinen nassen Körper nicht ab. Geblendet zog er die Brauen zusammen, und dann lachte er glücklich, so daß seine weißen Zähne blitzten. Er kritisierte mich milde, weil ich das Wasser kalt gefunden hatte. Wie ein Junge, der sich selbst überlassen ist, spielte er dann noch mal eine Zeitlang mit dem Meerwasser, dem salzigen Wind und der Sonne.

Am Nachmittag nahmen wir eine leichte Mahlzeit ein aus Sandwiches mit Schinken und Salat und Bier dazu, und danach warf Lane sich aufs Sofa und sagte mit überaus zufriedener Miene: „Jetzt laß mich die luxuriöseste Siesta der Welt halten!"

Neben meinem Liebhaber, der sofort einschlief wie ein kleines Kind, vertrieb ich mir die Zeit, indem ich den Roman „Weine um mich" von William Melvin Kelly las, den ich am letzten Wochenende nicht ausgelesen hatte.

Ungefähr eine knappe Stunde war vergangen, als Lane durch das schwache Geräusch des Seitenumblätterns aus seinem kurzen Mittagsschlaf erwachte.

Ganz fasziniert davon, wie der abwesende, traumverlorene Ausdruck seiner Augen sich allmählich in ein klares Lächeln wandelte, fragte ich ihn: „Gut geschlafen?"

„Sehr gut. Ich bin ganz verschwitzt."

„Du kannst ja duschen."

„Hinterher."

Die in Lanes Augen zusehends aufflackernde Wollust attackierte mich wie eine Hitzewelle. Seine warmen, noch nicht ganz ausgeschlafenen Hände langten nach mir und machten sich ungeschickt daran, mir über der Brust das Kleid aufzuknöpfen.

Während dieses in Schweiß gebadeten Verkehrs am Nachmittag an der Meeresküste sah ich ein paarmal das metallisch gleißende nachmittägliche Meer aufglänzen. Wie im Rausch nahm ich wahr, wie das Meer, das in großem Bogen umkehrte, in den Himmel überging, der genau den gleichen Farbton hatte. Und das Meer füllte Lanes blaue, durch die Sinnlichkeit glasklar gewordenen Augen und leuchtete in ihnen auf, und als ich das ganz deutlich zu sehen meinte, versank ich in ein tiefes Glücksgefühl.

Die Szenerie vor dem Fenster begann sich orangerot zu färben, denn die Sonne schickte sich an, ins Meer einzutauchen.

„Lane, wollen wir nicht hinausgehen und den Sonnenuntergang anschauen? Ich möchte ihn dir unbedingt zeigen!"

Wir standen nebeneinander auf dem großen, ins Meer hinausragenden Felsen und schmiegten uns aneinander, und so schauten wir die goldene Sonne an, die in voller Größe zur rechten Seite des Fuji-Berges niedersank und eintauchte, und das genauso goldene, erregte Meer, das sie verschlucken sollte. Wortlos beobachtete Lane, wie in dem Augenblick, als die Sonne ganz versunken war, der Himmel plötzlich strahlend aufflammte und zu leuchten begann, als sei der untere Wolkenrand von feinstem Goldfiligran gesäumt. Gleich darauf fielen schwarze Schatten über das Gras, die Bäume und Felsen auf dem Festland wie auch über die Umrisse der Fischerboote, die nach ihrem Tagesfang eilig nach Hause strebten, und auch das Meer hatte aufgehört, golden zu schäumen. Es verlor seine Farbe und ging langsam in ein ruhiges Grau über. Und plötzlich kam Wind auf.

„Früher hat mich der Sonnenuntergang zutiefst bewegt", murmelte ich vor mich hin. „Aber wenn ich jetzt ein so schönes Naturereignis erlebe, bin ich nicht mehr so erregt, daß mir fast das Herz zerspringt."

„Die Natur oder die Landschaft ist nicht das Erregende. Sondern es kommt auf die Seele des Menschen an, der das genießt. Damit dir beim Sonnenuntergang fast das Herz zerspringt, Yōko, brauchst du unbedingt einen Menschen neben dir, der dich bezaubert."

Dann kehrten wir dem Meer den Rücken, fest umschlungen, als wollten wir uns niemals mehr trennen.

Während unserer Rückfahrt nach Roppongi fühlten wir uns tief befriedigt über unsere Zweisamkeit bei all dem, was wir am Meer erlebt hatten, und berauscht in dem Bewußtsein, daß jeder durch sein Dasein den anderen glücklich machte.

„Daß ich es nicht vergesse, Yōko: Kannst du mir deine Telefonnummer aufschreiben und mitgeben?"

Auf seine Aufforderung hin riß ich eine Seite aus meinem Notizbuch und schrieb ihm meine private Telefonnummer auf, aber in Klammern schrieb ich extra dazu: „Im Büro, montags bis freitags 10 bis 16 Uhr." Als ich Lane den Zettel gab, schaute er, den Blick kurz von der Fahrbahn nehmend, flüchtig darauf und steckte ihn schnell in seine Brusttasche.

„Jetzt sage ich dir meine Nummer, und du schreibst sie dir auf, ja?" Und er diktierte mir die Nummer seiner Wohnung in Aoyama. Während ich sie in meine Handtasche packte, sagte ich lachend:

„Ich habe eine Phobie vor dem Telefonieren."

„Tatsächlich? Wovor hast du Angst?"

„Ich finde es schrecklich, mit jemandem zu sprechen, den ich nicht sehen kann. Ich mache mir die seltsamsten Vorstellungen und fühle mich dabei sehr unbehaglich."

„Yōko, du hast eine zu lebhafte Phantasie. Bei mir brauchst du jedenfalls keine Angst zu haben. Denn ein Anruf von dir ist mir doch zu jeder Zeit willkommen."

„Danke, das ist lieb von dir, Lane."

Vor den Autofenstern raste das dunkle Meer vorbei, mit seiner schweren Dünung. Auch in mir war ein tosendes Meer. Vom Grund dieses Meeres tauchte ganz deutlich eine Telefonszene auf.

*

Es war tiefe Nacht damals.

Nur das Telefon ist hell beleuchtet, wie von einem Scheinwerfer angestrahlt. Da bin ich mit meinem dicken Bauch, im zehnten Monat schwanger. Ich drehe die Wählscheibe, aber ich lege den Hörer wieder auf. Diese verzweifelten Handgriffe wiederhole ich zwei-, dreimal. Wieder nehme ich den Hörer in die Hand. Es klingelt zweimal. Dann die Stimme von Shunsuke.

„Hallo, hier ist Yōko."

„Yōko! Ist irgendwas los?"

„Entschuldige, es ist schon sehr spät. Aber du hast doch noch nicht geschlafen?"

„Ich habe noch ein bißchen gelesen. Ist etwas passiert?"

„Ich dachte nur, ich wollte deine Stimme hören."

„Du lügst. Du hast doch nicht etwa geweint?"

Wie kann Shunsuke das wissen?

„Erzähl, Yōko. Ich höre dir zu."

„Mein Mann ist nicht nach Hause gekommen." Die Tränen fließen mir übers Gesicht, und meine Stimme bebt.

72

Shunsuke gibt tröstende Laute von sich.

„Der hat mit einer anderen Frau geschlafen. Das weiß ich instinktiv."

„Und du hast ihn sicher mit Fragen gelöchert, Yōko."

„Ja, wie wahnsinnig."

„Wenn du wütend wirst, bist du ja wie eine Wildkatze."

„Als er heute morgen nach Hause kam, war er noch schwer betrunken. Dann haben wir uns gestritten, fürchterlich gezankt, und gleich darauf ist er hinausgestürmt. Seitdem ist er bis zu dieser Stunde nicht zurückgekommen."

„Yōko, eins kann ich dir aber sagen: Wenn ein Mann allzu betrunken ist, ist er ‚dazu' gar nicht mehr fähig. Möglicherweise hat er dich überhaupt nicht betrogen. Wenn er ein schlechtes Gewissen hätte, würde er sich auch nicht so fürchterlich streiten."

„Aber wenn er eine reine Weste hat, warum kommt er nicht nach Hause?"

„Schon gut, schlaf doch jetzt. Dein Mann kommt bestimmt zurück."

„Woher weißt du das?"

„Weil ich auch ein Mann bin. Für die Männer gibt es Zeiten, wo sie ihre Männlichkeit herauskehren müssen. Da legen sie sich grundlos eine harte Haltung zu, unerbittlich gegen sich selbst und gegen andere. Wieviel du auch jammerst und leidest, Yōko, wenn der Mann sich in seinen männlichen Instinkt flüchtet, ist er nicht ansprechbar. Hörst du mir zu? Deshalb bringt es nichts, ihn zu bedrängen. Wird der Mann erst trotzig, dann wird er noch viel schwieriger. Darum laß ihn in Ruhe. Plötzlich wird er wie aus einem Traum erwachen. Und selbst wenn es mal ein Seitensprung gewesen wäre, wär's doch auch nicht so schlimm."

„Abscheulich, Shunsuke-Schatz, ich finde es abscheulich! Und was ich ihm gleich gar nicht verzeihen kann, ist, daß er jetzt nicht bei mir ist und meinen Kummer teilt."

„Du willst, er soll deine Wunde lecken."

„Die Wunde, die er mir zugefügt hat!"

Und zum Schluß dieses Telefonats sagt Shunsuke: „Nun weiß ich zwar, daß du leidest, aber ich kann gar nichts für dich tun. Nur vergiß nicht, Yōko: Ich wäre bereit, für dich zu sterben."

*

„Du bist so geistesabwesend – was ist denn los, Yōko? Rufst du mich an, ja?"

„Ich glaube nicht, daß ich anrufe."

„Warum denn nicht!" Lane sah mich erstaunt an.

„Ich habe Angst. Bei dir habe ich doppelt soviel Angst. Ich muß gegen den Drang ankämpfen, dich viele Male am Tag anzurufen – das ist einer der Gründe."

„Du kannst mich doch viele Male anrufen."

„Ach was, das meinst du doch nicht ernst. Wenn ich den Wunsch, dich dauernd anzurufen, nur einmal realisieren wollte, würde ich es dann doch wieder sein lassen bei dem Gedanken, was du wohl gerade machst. Das ist der zweite Grund. Vielleicht bist du gerade ganz erschöpft eingeschlafen – und deine unwirsche Stimme möchte ich nicht hören am Telefon. Oder wenn du gerade dabei bist, ein Manuskript zu tippen? Dann klänge deine Stimme mit Sicherheit nervös. Oder wenn du zu der Zeit gerade eine Frau im Bett hast? Was für einen Ton bekäme ich dann vielleicht zu hören, Lane? So meine ich das. So ins Ungewisse hineinzuspringen, habe ich einfach nicht den Mut."

Lane nahm eine Hand vom Lenkrad und legte sie zärtlich auf meinen Arm. „Wenn ich höre, daß du so empfindlich bist, Yōko, mache ich mir ja große Sorgen! Wie willst du dich denn überhaupt weiter durchs Leben schlagen?"

„Es wird schon gehen, Lane. Bis jetzt habe ich mich bei Krisen recht gut durchgeschlagen, und in Zukunft mache ich das auch weiter so, denke ich."

„Bewundernswertes Selbstvertrauen! Und was ist das Geheimnis bei solcher Selbstsicherheit?"

„Sich an gar nichts, was es auch sei, allzu fest anzuklammern, Lane."

Von da an sprachen wir nicht mehr. Lane schien sich aufs Fahren zu konzentrieren, und ich hörte der Musik auf dem UKW-Sender zu.

Halb neun Uhr abends kamen wir in Roppongi an.

„Was machen wir jetzt noch? Wollen wir ins ‚Chalkot' gehen?"

Im „Chalkot House" würde ich Bekannte meines Mannes treffen. „Heute abend habe ich keine Lust hinzugehen. Ich möchte niemanden treffen. Ich bin ein bißchen müde und nicht in geselliger Stimmung."

„Aber du wirst doch nicht gleich nach Hause gehen wollen? Morgen ist doch Sonntag."

„Ja, ich bleibe schon noch mit dir zusammen. Nur möchte ich nicht ins ‚Chalkot'."

„Klar, gehen wir in meine Wohnung. Die ist zwar bloß ein chaotisches Nest in wüster Unordnung, aber es gibt wenigstens Whisky und gute Schallplatten."

„Gut. Wollen wir dort die Chaconne-Platte hören, die uns am Meer gefehlt hat?"

Wir bogen an der Roppongi-Kreuzung nach links ab in Richtung Aoyama.

Was in meiner Erinnerung an den zweiten Besuch in Lanes Zimmer den stärksten Eindruck hinterließ, war der dicke James-Joyce-Band, der aufgeschlagen neben der Schreibmaschine lag. Während ich darin blätterte, machte ich mir Gedanken darüber, wie es eigentlich zu deuten war, daß ein Mann von fünfunddreißig Jahren immer wieder den ‚Ulysses' las. Ich fand es merkwürdig, denn ich hatte geglaubt, dieses Buch sei eine Lektüre, die man, von Weltschmerz geplagt, in den letzten Teenagerjahren lese. Wenn ich Joyce jetzt noch einmal läse, würde ich mich wahrscheinlich beim Nachempfinden der Gefühle meiner Jugendtage entsetzlich langweilen. Oder würde ich jetzt vielleicht einen direkteren Zugang zur Welt des Joyce-schen Denkens oder seines Unbewußten finden können? Jetzt, da mir die der Jugend eigene hartnäckige Geduld ab-geht, würde der Text mich ermüden. Den endlos fortge-führten Monolog würde meine Seele ablehnen.

Während Lane sein Hemd auszog, sagte er: „Bleibst du bis morgen früh bei mir?"

„Ja, Lane."

„Fein, das freut mich." Darauf sagte er: „Wär's dir recht, wenn ich erst ein bißchen schlafe? Anschließend können wir uns dann wieder lieben bis zum Morgen." Und er lachte glucksend wie ein glückliches Kind und schlief sofort ein. Etwa fünfzehn Minuten blieb ich neben Lane, der ein leichtes Schnarchen von sich gab, sitzen und kaute auf meinen Fingernägeln. Es war mir entschieden zuwider, am nächsten Morgen in seinem Zimmer zu erwachen. Vom Schlafen derangiert würde ich unappetitlich ausse-hen.

Ich drückte meine Lippen auf seine sonnengebräunte, glühend heiße Stirn, und schweren Herzens verließ ich das Appartement, klammheimlich wie eine Katze.

*

Am Montagmorgen um halb elf klingelte das Telefon. Seine tief umwölkte Stimme tadelte mich: „Du hattest es doch versprochen! Warum bist du trotzdem heimgegangen? Am Sonntag morgen, als ich merkte, daß du nicht da bist – du kannst dir gar nicht vorstellen, wie elend ich mich fühlte! Wenigstens hättest du mich gestern anrufen können, dachte ich. Aber du hast mich wohl schon satt?"

„Entschuldige bitte. Ich hatte nämlich den Eindruck, daß ich in deinem Bett nicht einschlafen kann. Und gestern habe ich den ganzen Tag geschlafen, deshalb konnte ich nicht anrufen."

„Aber wie ich den ganzen Sonntag und heute früh die Zeit bis zehn Uhr zugebracht habe, das kümmert dich nicht! Erst als ich meinte, jetzt bist du nun an deinem Arbeitsplatz, bekam ich eben endlich Appetit auf einen Kaffee. Der war seit gestern außer Whisky das erste, was ich in den Magen gekriegt habe."

„Das tut mir leid, Lane."

„Wir können uns doch wieder treffen, ja?"

„Ja, Lane."

„Und die Abmachung über das Abendessen hast du nicht vergessen?"

„Habe ich nicht vergessen. Freitag abend."

„Ich freue mich schon darauf, Yōko. Ist es dir recht, wenn ich wieder anrufe?"

„Ja, bitte tu das." Bei dieser Antwort hatte ich das Gefühl, daß Lane am anderen Ende der Leitung ein bißchen zögerte.

„Yōko?"

„Ich höre, Lane."

„Was du im Auto gesagt hast, über das Telefonieren, das kann ich jetzt vielleicht verstehen, scheint's. Als ich deine Nummer wählte, haben mir tatsächlich die Finger gezittert, und mehrmals ging es schief. Kannst du mir das glauben?"

Wie einen Stich ins Herz spürte ich einen jähen Schmerz. Ich biß mir heftig auf die Unterlippe, so daß wohl Blut kam, denn in meinem Mund verbreitete sich ein warmer rostiger Geschmack.

„Lane, daß deine Hand zitterte, kam doch bestimmt vom Kater."

Lanes Stimme wurde zornig und laut: „Willst du meine Gefühle verspotten oder was, Yōko?"

„Das wollte ich nicht." In dem Bemühen, nicht zu weinen, wurde meine Stimme ganz heiser. „Lane, ich bin wirklich sehr froh, daß du Verständnis hast für meine Ängste beim Telefonieren, wie ich sie dir beschrieben habe. Also bis Freitag abend. Und vergiß nicht, mich wieder anzurufen!"

„Natürlich, das vergesse ich nicht. Willst du mir zum Abschied nicht noch etwas sagen?"

Es gab ein einziges Wort, das ich hätte sagen müssen. Aber ich sagte nur: „Ich mag dich, Lane."

„Ich hätte ja auf ein anderes Wort gehofft – aber gut, ich verzeihe dir."

„Danke, Lane." Dann verabschiedeten wir uns. Beide warteten wir, daß der andere zuerst auflegen sollte. Nach kurzer Zeit legte ich als erste den Hörer auf.

*

An diesem Tag kam mein Mann, der von seiner bis zum Vortag ausgedehnten Seefahrt völlig erschöpft war, nach der Arbeit gleich nach Hause, ohne sich noch irgendwo aufzuhalten. Obwohl seine Stimmung ohnehin nicht besonders gut war, brachte ich die Rede auf den kommenden Freitagabend, und wie erwartet, kam es zum Streit.

„Aber Paul. Jetzt kann ich diese Arbeit doch nicht wieder absagen!"

„Ich sage ja nicht, du sollst sie absagen. Ich werde nur selber auch in Tōkyō bleiben und meine Abfahrt auf Samstag früh verschieben. Jedenfalls habe ich es gründlich satt, mir wegen deiner Arbeit an jedem Wochenende die Sorge für Erika aufbürden zu lassen!"

78

„‚Jedes Wochenende‘ ist eine Übertreibung. Worum ich dich jetzt bitte, ist nur ein Abend, nämlich der Freitagabend dieser Woche."

„Gut, meinetwegen. Ich sage ja nicht, du sollst nicht arbeiten."

Damit wandte sich mein Mann wieder seiner Abendzeitung zu und bedeutete mir damit, daß das Gespräch beendet war.

Von welchem Zeitpunkt an war die Unterhaltung zwischen meinem Mann und mir eigentlich so nichtssagend geworden? Mein Mann machte sich kaum noch die Mühe, mich anzusprechen, und er sah mich mit nicht mehr Interesse an als die Möbel, die schon lange hier standen.

Wie lange geht das nun schon so, daß ich, um meinen Mann darauf aufmerksam zu machen, daß ich mit ihm rede, dieselben Worte drei-, viermal wiederholen muß, bis er auch nur von seinem Kreuzworträtsel in der ‚Japan Times‘ oder von seinem ‚Punch Magazine‘ aufblickt? Und welche Anstrengungen hätte ich unternehmen sollen, um meines Mannes Aufmerksamkeit auf mich selber zu lenken? Ich kann nicht behaupten, ich sei meinem Mann immer mit gefestigter Sanftmut und Geduldsstärke entgegengetreten, statt mich zu beklagen oder zu schimpfen oder ihn heftig anzugiften oder mich wie eine Wildkatze in den Streit zu stürzen – bis ich schließlich völlig resignierte. Ich kann auch nicht sagen, ich hätte mir die größtmögliche Mühe gegeben in diesen zahllosen Alltäglichkeiten, zum Beispiel meinem Mann bei der Unterhaltung allzeit neu erstaunt und interessiert beizupflichten oder für meinen Mann auch in der Küche ein schöneres Kleid anzuziehen, obwohl ich genau weiß, daß es Fettflecke bekommen wird, oder von früh bis spät in den Spiegel zu schauen und immer – auch wenn ich keine Zeit dazu habe – ein Make-up aufzulegen, das letztlich doch nur häßlich verschmiert wird.

Und wer von uns beiden hat eigentlich den Anfang gemacht? War ich vielleicht diejenige, die als erste aus dem Tritt gekommen war? Und die zuerst Worte aussprach, die den anderen verletzen mußten, war das vielleicht auch wieder ich? Und der dann zuerst merkte, daß es viel angenehmer ist, völlig zu resignieren und sich teilnahmslos wie ein Fisch zu verhalten – war das mein Mann oder ich? Und wer von uns beiden hat wohl bitterer gelitten bei der Erkenntnis, daß völlige Gleichgültigkeit zwischen Eheleuten wiederum doch nicht möglich ist? Wer von uns hat dann zuerst gelernt, diese Gleichgültigkeit eben einfach vorzuschützen? Wer von uns beiden hat aber zuerst begriffen, daß er nicht nur mit dem Partner, sondern auch mit sich selbst Geduld üben mußte, um unser Zusammenleben, das gar nicht mehr fortsetzbar erschien, doch noch aufrechtzuerhalten? Die vielen Geschehnisse und die Zeit haben sich allzusehr angestaut. Zu gründlichem Verstehen vordringen zu wollen, ist so, als müsse man von einem abertausende Fuß tiefen Meeresgrund emportauchen. Würde man nicht vom Gewicht des Meerwassers erdrückt, so würde man am Tauchersyndrom zerbersten – man fände den Tod.

Wenn keine enge Gefühlsbindung besteht, ist es sicherlich leicht, dem Partner liebevolle und nette Worte zu sagen. Nur wenn man ihn nicht liebt, kann man den anderen verstehen und viel besser auf ihn eingehen. Nur wenn man ihn nicht liebt.

*

Danach raffte ich mich wieder zu besserer Stimmung auf und begann mir den Kopf darüber zu zerbrechen, wie ich das Abendessen für Lane am Freitagabend vorbereiten könnte. Selbst wenn ich das Lamm gebraten bekäme – wie sollte ich es hinaustransportieren, ohne daß mein Mann es zu sehen bekäme? Eine Lammkeule, selbst eine kleine, wiegt ihre drei Kilo, und da sind dann noch die Beilagen wie Kartoffeln und Gemüse und die Soße. Aber darüber nachzugrübeln, brachte mich auch nicht weiter. Kommt Zeit, kommt Rat, dachte ich.

„Let it be", summte ich vor mich hin und versuchte, mir selber Mut zu machen. Da würde mir wohl nichts anderes übrigbleiben, als zwei Lammkeulen zuzubereiten. Denn wenn es in der ganzen Wohnung nach Lammbraten röche, könnte ich das doch – falls ich meinem Mann etwas anderes vorsetzte – nicht erklären, überlegte ich bedrückt.

*

Am Mittwoch nachmittag dieser Woche kam ein Anruf von Lane.

„Liebling, kannst du nicht sofort dort weg?"

„Was ist denn?"

„Ich meine, könntest du nicht in meine Wohnung kommen?"

„Jetzt gleich?"

„Ist das schlecht? Es steht mir wohl nicht zu, solche egoistischen Wünsche zu äußern?"

Nach kurzem Überlegen antwortete ich, daß ich käme. Das Manuskript, dessen Korrektur ich gerade in Arbeit hatte, ließ ich liegen, wie es war, klemmte mir bloß die Handtasche unter den Arm, stürmte nach draußen und schnappte mir sofort ein Taxi. In meiner Handtasche fand ich nur Lippenstift und Wimperntusche vor. Mühsam in den kleinen Handspiegel schauend, trug ich den Lippenstift auf, geriet dabei über den Lippenrand hinaus und zog korrigierend noch einmal nach. Dann, bei einem Stop an einer roten Ampel, bürstete ich in größter Eile die Wimperntusche auf. Dabei dachte ich amüsiert: Lane wird schon alles akzeptieren, wenn er bekommt, was er will.

Aber dann bereute ich doch ein wenig, daß ich so einfach in meiner Arbeitskleidung gekommen war, in Jeans und mit dem alten Oberhemd meines Mannes.

Lane saß in einer Ecke seines Zimmers, einsam und wie verloren. Zu seinen Füßen drehte sich geräuschlos ein Ventilator und fächelte die Seiten eines Taschenbuchs, in dem Lane offenbar gerade gelesen hatte.

„Hallo, Yōko!" Dabei stand er auf, und dann schlang er seine Arme um meine Hüften. Auf seiner schweißnassen Stirn klebten ein paar Haarsträhnen, die ich ihm mit den Fingerspitzen sanft hochstrich.

„Ich bin ja so froh, daß du gekommen bist!"

„Dann benimm dich auch sehr froh, Lane. Geflogen bin ich hierher, in diesem Aufzug bin ich losgerannt!"

„Wenn du es anhast, Yōko, ist auch ein schmutziges Hemd sexy. Es läßt die Brustwarzen durchsehen."

„Das ist bloß meine Arbeitskleidung. Zum Schminken hatte ich auch keine Zeit."

„Für mich brauchst du dich nicht zu schminken, ich mag dich so, wie du jetzt bist. Du hast ja Sommersprossen!"

„Weil neulich am Meer die Sonne zu stark war."

An diesem Nachmittag liebten wir uns wie zwei hungrige Hyänen. Danach, beim erschlafften Ausruhen, legte Lane, sich entspannend, sein Ohr auf mein noch immer stark pulsierendes Herz. Sein Kopf rutschte stückchenweise nach unten, verharrte eine Weile auf meinem schutzlos schlummernden Bauch, und dann ging sein sanfter schwerer Kopf noch weiter nach unten und brachte seinen geliebten Mund in mein wie schwarze Flammen schwelendes Dickicht. Das war schon durch Lanes Körper ganz verwüstet, und nach der Erregung muß es einen Geruch wie von starkem Gin gehabt haben. Lane, Lane – jetzt kommt der Moment, da könnte ich für dich sterben.

*

82

Am Freitagabend aß mein Mann einen der beiden von mir zubereiteten Lammbraten gemeinsam mit Erika zu Abend. Ich hatte ihm gesagt, ich müsse mit meinem Redakteur zusammen essen gehen. Bei Tische sprach mein Mann zu meiner Überraschung genau das aus, was ich mir wünschte und was ich ihm, wenn er es nicht gesagt hätte, selber vorschlagen wollte:

„Den Kaffee nach dem Essen werde ich im ‚Chalkot' trinken. Denn da heute Freitagabend ist, sind dort sicher die Stammgäste versammelt. Da kannst du auch früher hingehen und entsprechend eher zurück sein."

Unlogischerweise war ich in diesem Moment gar nicht darüber erfreut. Es wäre mir lieber gewesen, wenn mein Mann sich nicht so verständnisvoll gezeigt hätte. Ich betrüge dich! Eben jetzt bin ich im Begriff, meinem Liebhaber das Abendessen hinzubringen! Und danach gehe ich mit diesem Mann ins Bett und wir lieben uns! Gepeinigt von dem grausamen Drang, meinem Mann das zu gestehen, fing ich am ganzen Körper an zu zittern.

Als mein Mann gegangen war und auch Erika sich endlich zu meiner Mutter nach Seijō aufgemacht hatte, um dort zu übernachten, verpackte ich das fertige Gericht in mehrere Kochfolien, füllte die Soße in eine fest schließende Dose und legte alles in einen großen Korb. Dann nahm ich noch schnell eine Dusche, und danach zog ich mein marineblaues deutsches Modellkleid an, band mir ein Tuch in der gleichen Farbe um den Kopf und knüpfte es am Hinterkopf in einen kleinen Haarknoten.

Als Lane mich in seinem Appartement in Aoyama empfing, sah er blaß aus.

„Du siehst ganz schlecht aus, Lane. Was hast du?"

„Das hat nichts zu bedeuten. Das kommt nur davon, daß ich zu dieser Zeit sonst selten nüchtern bin. Ich habe deine Ermahnung befolgt und noch keinen Tropfen getrunken."

„Bist ein braver Junge, Lane. Zur Belohnung, daß du Mamis Anweisung befolgt hast, kriegst du einen Kuß."

Ich gab Lane einen flüchtigen Kuß und widmete mich dann dem Essen.

„Hast du uns Wein gekauft?"

„Hm, auf dem Tisch da."

Der Tisch war für das Abendessen gedeckt. Auf dem kleinen viereckigen Tisch stand ein Sträußchen kleiner weißer Chrysanthemen in einer einfachen Kaffeetasse. Zwei große Papierservietten in Tintenblau, säuberlich ekkig gefaltet, lagen einander gegenüber, dabei zwei Eßteller und zwei vermutlich gerade gekaufte Weingläser zu der Rotweinflasche.

„Wie hübsch!"

In der Küche zündete ich den kleinen Gasherd an, stellte die Bratpfanne darauf und legte den noch mit der Kochfolie umwickelten Braten hinein zum Aufwärmen.

„Wie findest du mein Kleid, Lane?"

„Hübsch, würde ich sagen, aber was dir am besten steht, ist doch ganz ohne Kleid. Wußtest du das nicht?"

„Na hör mal! Das ist in diesem Fall aber kein Lob. Und bis jetzt hat mir das noch niemand so gesagt."

Während ich das Gemüse und die Soße warm machte, öffnete Lane die Weinflasche. Gleich könnte unser intimes Abendessen zu zweit beginnen. Lane trug ein schwarzes Hemd zu einer weißen Baumwollhose. Das Schwarz stand ihm irgendwie fast zu gut, fand ich.

„Und Musik – was hättest du gern?" fragte Lane.

„Nicht nötig", sagte ich leichthin. Und da ich einen völlig verständnislosen Blick von ihm auffing, erklärte ich ihm: „Ich esse leidenschaftlich gern, darum möchte ich meine Sinne ganz aufs Essen konzentrieren. Und Musik unbeachtet vorbeirauschen zu lassen, ist mir einfach noch nicht möglich."

„Du kannst einem leid tun", sagte Lane neckend.

„Dazu besteht kein Grund. Ich brauche dir nicht leid zu tun. Sogar von Menuhin heißt es, daß er beim Essen keine Musik duldet. Er ist ein Gourmet, deshalb läßt er in seinen erstklassigen Restaurants in allen Ecken der Welt immer die Musik stoppen. Nur eine einzige Ausnahme läßt Menuhin zu: die Zigeunergeigen."

„Und du? Auf welche Musik könnten wir uns einigen, die deinen Appetit nicht versiegen läßt?"

„Wenn es sein muß, nehme ich Flamenco-Gitarre als Kompromiß. Aber stell sie ganz leise, Lane. Das beste wäre, wenn ich sie gar nicht hören könnte."

Mürrisch murmelte Lane etwas zwischen den Zähnen, während er eine Platte auflegte.

„Was hast du gesagt?"

„Ich sagte, daß du in bezug auf Musik schrecklich eigensinnig bist. Ich begnüge mich ein für allemal mit Barockmusik."

Auf dem Tisch prangten nebeneinander die goldgelb gerösteten Kartoffeln und der ebenfalls von solcher leckeren Röstfarbe überzogene Lammbraten, dazu die in Butter geschmorten Karotten und die mit Speck gebratenen grünen Bohnen sowie die braune Fleischsoße, und auch die grüne Pfefferminzsoße stand in dem Fläschchen, in dem sie gekauft war, auf dem Eßtisch.

„Ein solches häusliches Abendessen ist für mich Jahrzehnte her, so kommt es mir vor."

„Ach was, du übertreibst."

„Nein, wirklich! Das letzte Mal hat es nämlich noch meine Mutter gekocht."

„Deine frühere Frau hat dir nur chinesisches Essen vorgesetzt?"

„Das auch wieder nicht, aber man konnte sie eben nicht gerade als häusliche Frau bezeichnen."

Während Lane das Fleisch geschickt in Scheiben schnitt, teilte ich das Gemüse aus. Über das Fleisch und die Kartoffeln kam die braune Soße und dazu als Garnierung die Pfefferminzsoße.

Da zog das Pfefferminzfläschchen in meiner Hand Lanes Aufmerksamkeit auf sich.

„Das ist aber ein Hausgericht nach englischer Art!"

„Ach, wieso?"

„In Amerika nimmt man eigentlich keine Pfefferminzsoße. Höchstens süßes Pfefferminzgelee wird manchmal benutzt."

„Ach so."

Lane spießte ein Stückchen Lammbraten auf die Gabel und schob es sich in den Mund. „Lecker! Sehr gut durchgebraten! . . . Aber diese Art zu braten ist auch echt englisch!"

Eine Weile aßen wir schweigend und tranken unseren Wein. Für diesen Fall hätte ich besser nicht darum gebeten, die Musik der Flamenco-Gitarren leise zu stellen. Als unsere Teller fast geleert waren, tat Lane endlich den Mund auf.

„Es interessiert mich doch sehr, wieso du so perfekt englisches Essen kochen kannst, noch dazu ein tpyisches Hausgericht."

Ich spürte, wie sich in meiner Brust eine kalte Verhärtung ausbreitete, als Vorbote einer Verärgerung.

„Ich hätte wohl besser nicht ein perfektes englisches, sondern ein perfektes amerikanisches Gericht zubereiten sollen, Lane. Hätte ich an den Braten so viel Knoblauch gegeben, daß sich einem die Nase krampft, und noch reichlich Rosmarin daraufgestreut – hätte das vielleicht eher deinen Gefallen gefunden? Und hätte ich es nicht durchgebraten, sondern halbgar gelassen und dieses ungenießbare süßliche Zeug von Minzgelee als Dessert beigegeben – hätte ich damit wohl deine Begeisterung geerntet?"

Lane fiel mir heftig ins Wort: „Ganz falsch, Yōko! Mißverstehe mich doch nicht! Es hat mir phantastisch geschmeckt. Meine Mutter war Irin, deshalb hat dein Essen genau meinen Geschmack getroffen. Was ich sagen wollte, war nur ..."

Ich wartete mit gehobenen Brauen.

„Ich meine nur: Wer hat dir das eigentlich alles beigebracht? Wer es auch war – daß ein Engländer dich das gelehrt hat, steht absolut fest." Er legte die Gabel weg und verschränkte seine Finger unterm Kinn, und mit der Handfläche sein Kinn reibend, fuhr er fort: „Das soll kein Vorwurf sein. Falls es sich so angehört an, entschuldige ich mich. Ich habe ja kein Recht dazu. Nur, es macht mir eben schrecklich viel aus."

„Möchtest du noch etwas essen, oder bist du schon satt?"

„Ich nehme noch etwas." Mit dieser Antwort lud Lane sich den Teller noch einmal voll Fleisch und Gemüse. Danach war er scheinbar nur noch mit Essen beschäftigt.

Auf einmal schrie er auf: „David!"

Aber Lanes Stimme klang eher erleichtert als anklagend. Er stellte sein Weinglas so derb auf den Tisch, daß der Inhalt überschwappte. Während er das Verschüttete sorgfältig mit der Serviette aufsaugte, grinste er.

„Das ist es also! Du und David Hall? Allerdings, da kann etwas gewesen sein."

Da hatte ich es. Das hieß aber, wenn ich David vorschöbe, könnte ich vorerst noch ein Weilchen überleben. Wofür eigentlich? Früher oder später würde auf jeden Fall die Wahrheit herauskommen und die totale Katastrophe hereinbrechen.

„David war es, ja?", fragte Lane wieder.

„Ja."

„Und wann?"

„Im letzten Sommer."

Lane schob sich noch ein Stückchen Fleisch in den Mund, und während er es langsam zerkaute, fing er eine

Art Monolog an: „David, dieser Schuft! Kein Wort hat er mir gesagt! Schrecklicher Kerl! Der soll bloß zusehen, daß er aus Hongkong zurückkommt! Ich werde schon dafür sorgen, daß er alles gesteht! Allerdings, weil er dir beigebracht hat, so gut zu kochen, werde ich ihn nicht umbringen, aber wenigstens blaue Flecken um die Augen werde ich dem Kerl verschaffen!"

„Das ist ein schlechter Scherz, Lane. Es ist doch längst aus und vorbei."

Lane hob sein Weinglas, während wieder ein vages Grinsen auf seinem Gesicht auftauchte, und imitierte ein Zuprosten.

„Warum hast du dich von David getrennt?"

„Einen Grund kann ich nicht sagen. Wohl, weil wir beide es für besser hielten."

„Wann etwa?"

„Im selben Jahr, Ende des Sommers."

„Danach hast du nicht mehr mit ihm geschlafen?"

„Nein."

„Und . . .", dabei sah Lane mich mit einem Ausdruck bedrohlicher Grausamkeit an, „wer war vorher dein Partner? Um Himmels willen, das wird doch wohl nicht auch einer sein, den ich kenne? Und nach deiner Trennung von David – mit wem hast du dann geschlafen? Und jetzt? Gibt es außer mir noch einen Mann?"

„Du bist gemein! Ein gemeiner Mensch bist du, Lane!"

„. . ."

„Nicht im Traum wäre mir eingefallen, dich nach deiner Scheidung oder deinen späteren Weibergeschichten zu fragen!"

„Wenn du es wissen willst, kann ich dir alles über meine Frau erzählen."

„Nein, ich will es nicht wissen." – Lane, es gibt viele Dinge auf dieser Welt, die man besser nicht weiß, um sich herauszuretten. – „Jedenfalls ist nichts jämmerlicher als die Eifersucht auf Vergangenes."

Ein ersticktes Schweigen herrschte zwischen uns.

Dann sagte Lane: „Verzeih mir. Wenn die Sache vorbei ist – gut. Das war nicht nett von mir, und ich muß mich entschuldigen, Yōko."

Als das traurige Abendessen beendet war, war es schon nach zehn Uhr. Ich erklärte Lane, daß ich heute abend nicht lange bleiben könne, und da funkelten seine Augen.

„Es ist doch Freitag abend!"

„Ja, aber heute abend geht es schlecht. Ich muß nämlich zu meiner Mutter, ich hab es ihr versprochen."

„Zu deiner Mutter! Du lügst ja! Das glaube ich dir absolut nicht!"

„Da ist nichts zu machen."

„Das mit deiner Mutter ist gelogen. Und daß du jeden Abend zu arbeiten hast und samstags und sonntags die Sache mit dem Ferienhaus am Meer ist auch anrüchig. Was aus deinem Mund kommt, ist alles von vorn bis hinten erlogen. Was machst du überhaupt in den Nächten, in denen du nicht bei mir bist, Yōko? Sag bloß nicht, du arbeitest!"

„Ich arbeite nicht. Ich gehe jeden Abend mit immer anderen Männern aus – recht so?" – Ach, Lane, verzeih mir! Wieviel wohler wäre mir, wenn ich dir sagen könnte, wie es wirklich ist. Daß ich einen Ehemann habe und eine Tochter, daß ich nicht mehr so jung bin, wie du denkst – und daß ich dich liebe.

„Lane, Liebling! Wir haben uns doch kaum erst kennengelernt. Trotzdem hast du über der Sache mit dem Lammbraten wirklich clever, wie ein Sherlock Holmes, meine Vergangenheit ausgegraben. Damit bist du nun immer noch nicht zufrieden und willst mich zu Geständnissen über die Gegenwart bis in die noch ungeschehene Zukunft zwingen! Nein, du, ich bin erwachsen. Warum ist es nicht möglich, daß wir einfach nur Spaß daran haben, miteinander zu schlafen?"

„Wie vorher mit David Hall?"

„Ja, wie früher mit Dave. Und genauso wie mit den vielen Frauen, mit denen du bis jetzt geschlafen hast."

Wider meinen Willen schossen mir Tränen in die Augen. Lane war bestürzt, er zog mich in seine Arme und wiegte mich zärtlich. Und wie man zu einem kleinen Kind sprechen mag, so flüsterte er mir zu: „Ist ja schon gut. Wenn du es so haben möchtest, Yōko, ist es mir recht."

Danach haben wir uns ganz jammervoll geliebt. Mir war zum Sterben elend zumute, als ich dann aufstand und mich anzog. Lane lag ausgestreckt auf dem Bett und sah mit leeren Augen an die Decke.

„Geh nicht weg, Yōko!"

„Entschuldige!" antwortete ich, während ich meine Schuhe suchte.

„Danke für das Abendessen, es war phantastisch."

„. . ."

„Yōko, kannst du mir verzeihen?"

„Schon gut."

„Ich rufe dich wieder an."

„Ja."

Als ich im Begriff war, das Zimmer zu verlassen, folgten mir Lanes Worte:

„Yōko, ich liebe dich."

Ich konnte mich nicht umschauen. Das weinende Gesicht einer Fünfunddreißigjährigen ist nicht schön – so viel ist sicher. Über meine geneigten Wangen strömten die Tränen.

„Ich dich auch", murmelte ich, aber meine Stimme blieb tonlos. Noch ein zweites Mal versuchte ich zu sagen: „Ich dich auch, Lane", aber es kam wieder kein Ton heraus. Da stürzte ich hinaus aus Lanes Wohnung.

Insgesamt achtmal habe ich Lane getroffen.

Daß diese Affäre nicht den ganzen Sommer dauern würde, hatte ich von Anfang an gewußt. Schon Mitte des Sommers war zu erkennen, daß sie zu Ende zu gehen begann. Wenn David aus Hongkong zurückkam, würde alles enthüllt werden. Lane würde fragen, und David würde antworten. David würde sich in dieser Sache niemals zu meinem Komplizen machen, das war klar. Er würde sich über meine Lüge lustig machen und damit auch Lane verspotten und verletzen.

Unsere letzte Nacht war einen Tag vor unserer allerletzten Begegnung, sie war, genau gesagt, unser siebtes Liebesrendezvous. Und das war einen Abend vor Davids Rückkehr Ende Juli.

Wie jedes Jahr sollte ich gleich Anfang August mit meiner Tochter nach Karuizawa gehen, und da ich das Datum für die Abreise bereits bis zum Äußersten verschoben hatte, blieb mir kein Freiraum, noch etwas abzuändern. Ich teilte es Lane mit, ohne viel Erklärung hinzuzufügen, und er verzichtete auch darauf, mich mit Fragen zu bedrängen.

„Wann kommst du wieder?" fragte er nur.

„Anfang September bin ich zurück."

„Erst in einem Monat?" sagte er – und mehr nicht.

In dieser Nacht begehrten wir einander mit schmerzlichem Ingrimm wie zwei verletzte Panther. Um die gegenseitige Angst und den Schmerz und das Mißtrauen zu ertränken, gab es keinen anderen Weg, als den anderen ohne Schonung zu demütigen, zu verwüsten und ganz zu verschlingen. So, als wollte jeder dem anderen für später einprägen, wie leer dieser Sex war.

Da Lane gar nicht versuchte, sein Körpergewicht mit den Händen abzustützen, ließ ich unter seinem steinschweren Leib den Orgasmus über mich ergehen wie eine Strafe.

Nach dem Akt gab es kein zärtliches Ausruhen. Weil Lanes verwundetes Herz auch durch die körperliche Wollust nicht geheilt worden war, tauchte in seinen Augen eine gewalttätige Gereiztheit auf. Als ich das plötzlich wahrnahm, flackerte in meinen Augen wohl für einen Moment Angst auf. Dieser Anflug von Furcht stachelte Lanes Gewalttätigkeit noch an. Wie ein mordlustiges großes Raubtier fiel Lane über mich her, und er biß mich mit seinen harten Zähnen in die Brust. Auf der von Furcht versteiften weißen Wölbung sickerte sofort Blut hervor.

Als er das Blut sah, setzte Lane, als sei dies das Zeichen eines glorreichen Triumphs, ein stolzes und dabei doch schiefes Lächeln auf. Und wieder biß er wie wild meinen Unterleib, den Schenkelansatz und die Oberschenkel. Durch Lanes Argwohn wurde unsere Liebe beschmutzt, und ich fühlte mich fast wie eine Sklavin, die ihren Körper feilbietet. Es war nicht mehr so wie im Anfang, daß ich mich von mir aus, in süßem Glücksgefühl, ihm öffnete, sondern mein Körper wurde ungestüm und ohne Schonung von Lane geöffnet, und ich war lediglich das Opfer. Dafür haßte ich Lane glühend – doch im nächsten Augenblick schrie meine Seele, daß ich ihn ja hundertmal mehr liebte.

In dieser Nacht haben meine Tränen immer wieder Lanes schwarzes Haar genäßt, und in meinem Körper und meiner Seele, meinem Innen und meinem Außen, brach etwas entzwei.

*

Als ich spät in dieser Nacht nach Hause kam, lag mein Mann, der vor mir zurückgekommen war, lesend im Bett.

„Ist das nicht reichlich spät? Du hast getrunken, ja?"

„Nur ein bißchen. Ich bin unheimlich müde."

„Du siehst schlecht aus. Hast du etwa zuviel getrunken?"

„Nein, Paul. Ich bin bloß müde."

Während ich mich im Dunkeln neben dem Bett auszog, hörte ich meinen Mann die Frage stellen:

„Kennst du einen Mann namens Lane Gordon? Jacques erwähnte, daß er dich mit dem zusammen gesehen hat."

„Wahrscheinlich im ‚Chalkot'? Dort trifft man doch die verschiedensten Leute."

„Auch in Akasaka hat euch jemand herumziehen sehen."

„Dieser Jemand war auch wieder Jacques Melan, nicht? Der erzählt doch immer solche Sachen, Paul. Du kennst ihn ja."

„Nein, es war nicht Jacques."

„So. Aber ich erinnere mich nicht. Vielleicht hat man mich verwechselt. Du, ich bin sehr müde, ich möchte schlafen."

In der Tat war ich verletzt und todmüde und völlig am Ende. Ich mochte kein Wort mehr sprechen.

Als ich mich neben meinem Mann ins Bett gleiten ließ, streckte sich sofort seine schwere Hand nach mir und wollte mich berühren. Zu meiner eigenen Verwunderung versteifte ich mich und wies sie zurück. Ich fühlte mich wie tot. Da hörte ich meinen Mann reden:

„Yōko, wenn ich nicht mehr überzeugt sein kann, daß du an meiner Seite bist, weiß ich nicht, was tun. Für deine Arbeit habe ich dir immer frei gegeben, aber daß unsere gemeinsame Zeit aus irgendwelchen anderen Gründen beschnitten wird, kann ich keinesfalls dulden."

Ach du! Und unsere Gleichgültigkeit gegeneinander? Die ist unsere gemeinsame, nicht mehr zu sühnende Schuld. Weißt du denn, daß ich mich wie eine läufige Wildkatze in der Nacht von Roppongi herumgetrieben habe? Daß ich Dinge tat, die ich normalerweise vor dir nie mache, und Worte in den Mund nahm, die ich sonst nie sage, davon hast du doch überhaupt nichts gemerkt, obwohl ich jedesmal vor Schreck den Atem anhielt. Du warst so eiskalt wie Wasser – wenigstens kam es mir so vor. Nicht einmal den an meinem Körper haftenden Geruch des anderen Mannes oder die Wunden der Wollust hast du bemerkt! Paul, schau doch her, sieh mich gut an, betrachte meinen Körper unter dem dünnen Nachthemd! Den ramponierten und blutenden Körper deiner Ehefrau – schau ihn dir doch an, Paul!

Ich fühlte mich entkräftet wie ausgewrungener Baumwollstoff, ich konnte mich nicht rühren und keinen Ton herausbringen. Meines Mannes Stimme tönte weiter:

„Yōko, von jetzt an wirst du immer an meiner Seite sein, nicht wahr?"

Nur an deiner Seite – da war ich bis jetzt doch immer. Und in Zukunft wird es so bleiben.

Wieder und wieder bemühte ich mich, zustimmend zu nicken, aber ich mußte hinnehmen, daß mein Kopf meinem Willen nicht gehorchte, wie in einem Alptraum, wenn man, von Furcht überwältigt, sich trotz verzweifelter Anstrengung mit Händen und Füßen doch nicht befreien kann. Und an der Brust meines Mannes lautlos weinend, schlief ich ein.

*

Am nächsten Morgen kam ein Anruf von Lane, und als ich seine Stimme hörte, war ich völlig durcheinander.

„Wieder bist du wortlos weggegangen, Yōko." Sein Ton war eher resigniert als tadelnd. „Wann treffen wir uns denn das nächste Mal?"

„Heute abend! Kommst du nach Roppongi zum ‚Chalkot House'? Dave kommt doch aus Hongkong zurück, bestimmt wird er sich dort zuerst blicken lassen. Wollen wir nicht alle auf ihn trinken? Du wirst doch kommen, Lane?"

„Natürlich komme ich. Und ich werde es dem Kerl zei-

94

gen!" Aber Lanes Ton war zu entnehmen, daß er dazu schon gar keine Lust mehr hatte.

„Also dann bis heute abend. Danke für den Anruf, Lane." Und beide legten wir gleichzeitig den Hörer auf.

Heute abend kommt David zurück! Voller Verwirrung und Schwermut machte ich trotzdem bis zum Abend, mich mühsam konzentrierend, drei Seiten Übersetzung fertig. Abends zog ich meinen weinroten Rock und eine ärmellose Bluse aus schwarzer Seide an. Die schwarze Seide weckte in mir gleich wieder eine Erinnerung an Lanes Haar, die mir zum Herzzerreißen weh tat.

Im „Chalkot House" hatte sich seit vor einem Monat nicht das geringste verändert. Um David wieder in ihrer Mitte aufzunehmen, hatten sich etwa zehn Freunde in lärmender Lustigkeit um ihn versammelt.

Ich spürte, daß ich mit unsicheren Schritten wie ein vom Fieber befallener Schlafwandler auf diese Gruppe zuging, aber ich konnte es nicht ändern. Ich taumelte und stieß Leute an und murmelte automatisch „Entschuldigung, Pardon".

Zu der lustigen Gruppe gehörte mein Mann. Als ich ihn sah, erschrak ich zwar kurz, dachte aber sofort: Es ist doch ganz natürlich, daß mein Mann hier ist, der nach seiner Arbeit gern im „Chalkot" einkehrt. Paul erblickte mich, kam zu mir und umfing meine Schultern.

„Du hättest mir sagen sollen, daß du kommst, Süße."

David bemerkte mich und tönte theatralisch: „Hallo Liebling! Wie geht's? Bist du auch nicht einsam gewesen ohne mich?"

Dave, Dave, Dave! Heute abend bin ich absolut nicht in der Stimmung, in diesem vergnügten Ton auf dich einzugehen, sagte ich in Gedanken, während ich von ihm einen Kuß auf die linke Wange bekam.

Ich sah sofort, daß Lane noch nicht da war. Auch wenn er, von den Rücken anderer Leute verborgen, an einer

Ecke der Theke gehockt hätte, hätte ich ihn sofort entdeckt.

Mit größtem Unbehagen merkte ich, daß ich plötzlich blaß wurde und mir der kalte Schweiß ausbrach. Aus dem Stimmengewirr um mich herum konnte ich kein einziges sinnvolles Wort heraushören. Und mit den Augen nahm ich nichts mehr wahr. Die Zeit dehnte sich endlos lang. Ich konzentrierte meine Sinne auf den Eingang, nur auf den Eingang.

Und Lane kam herein.

Ganz so wie vor einem Monat, als er ziellos dort erschien, blieb er erst ein bißchen stehen und schaute sich im dunklen Inneren des Lokals um, aber diesmal hielt sein Blick nicht bei David, sondern bei mir an, und er kam herüber. Wie durch ein Wunder öffnete sich mit einem Mal der Weg von Lane zu mir, und Lanes Augen, die, da er anscheinend magerer geworden war, einen unheimlichen Glanz hatten, waren direkt auf mich gerichtet.

„Hallo, Yōko!" raunte er mir zu.

„Lane!" platzte Davids Stimme hart dazwischen: „Dich hätte ich ja als einzigen beinahe vergessen. Aber mit dir ist die Party-Mannschaft zur Feier meiner Rückkehr nun vollzählig beisammen!"

„Gut siehst du aus!"

Die beiden schüttelten sich die Hände und wechselten zwei, drei Scherzworte über Hongkong, David brach in prustendes Lachen aus, und daraufhin blieb auch bei Lane ein Lächeln im Mundwinkel hängen, als er zu mir zurückkam.

„David ist wie immer!"

„Lane, ich möchte dir jemanden vorstellen", sagte ich und nahm meinen Mann, der sich gerade mit einem großen Amerikaner, einem Anwalt, neben sich unterhielt, beim Arm.

„Du, das ist Lane – Lane Gordon. Und Lane: Paul McBright, mein Mann."

Ich fühlte, daß Lanes Körper neben mir sich einen Moment versteifte. Mein Mann streckte ihm als erster seine Rechte hin, und Lane nahm sie.

„Ich hörte von Jacques Melan, daß Sie Journalist bei der NW-Zeitschrift sind. Sie kennen doch Jacques?" sagte mein Mann.

„Ich bin nur freier Mitarbeiter. Jacques kenne ich natürlich", antwortete Lane.

Vielleicht um meinen Ekel zu unterdrücken, wandte ich mich weg von den beiden. Da war zu meiner Überraschung ganz nahe vor mir Davids Gesicht, und ich schaute direkt in seine Augen, als würde ich in sie eingesogen.

„Na, du hast wohl noch nichts zu trinken? Gehen wir doch einen Whisky holen!" Mit diesen Worten packte er mich am Arm und zog mich von den beiden weg. „Du weinst ja – was ist denn?" flüsterte er.

„Danke, Dave, daß du mich da herausgeholt hast."

„Schon gut. Aber wisch schleunigst deine Tränen ab! Daß ein Mädchen vor den Leuten seine Tränen zeigt, ist nur bis zum Alter von fünf Jahren noch schicklich. Hab ich dir das nicht schon früher gesagt?"

Ich nickte mehrmals und putzte mir die Nase.

„Bist ein braves Kind. So ist es gut! Was ist denn eigentlich?"

„Ich möchte jetzt nicht darüber reden."

David drehte sich langsam um, sah meinen Mann an und ließ dann seinen Blick zu Lane wandern. Er wandte sich wieder zu mir zurück und sagte: „Treulose Frau!"

David besorgte einen Whisky und drückte ihn mir in die Hand. In meinen zitternden Händen stießen die Eiswürfel aneinander, daß es klirrte.

„Also?"

„Ich habe Lane belogen. Ich sei nicht verheiratet. Er hat das bis jetzt geglaubt."

„Und heute abend ist es mit einem Knall zur Konfrontation mit deinem Mann gekommen? Das ist aber grausam!"

Darauf schaute er mich ganz ernst an: „Wie war es denn wirklich? Sind sie einander zufällig begegnet, oder hattest du es so geplant? Jedenfalls was Paul angeht – der scheint ja von nichts zu wissen, wie immer."

Ich fühlte mich dumpf und unkonzentriert und schaute David an, als könne ich es nicht fassen. Aber dann merkte ich plötzlich, daß der Nebelschleier, der bis dahin über meinem Kopf gehangen hatte, mit einem Mal zerriß. Eiskalte Angst wirbelte in meiner Brust hoch.

Meine seelische Anspannung, die seit dem Mittag ununterbrochen angehalten hatte, war am Abend in den Nebel völliger Geistesabwesenheit ausgewichen. Als Lane mich anrief und ich ihn ins „Chalkot House" einlud, war mir jeder Gedanke an meinen Mann entfallen. Ich dachte ausschließlich nur noch an Davids Rückkehr. Daß an diesem Abend aus seinem Mund die Wahrheit enthüllt würde, nur das hatte ich im Kopf. Und als ich dann meinen Fuß ins „Chalkot House" setzte, war ich irgendwie geistig völlig weggetreten.

Ich war leer und traumwandlerisch wie ein Akteur in einem Zeitlupenfilm. Die beiden Tatsachen, daß mein Mann dort war und daß Lane kommen würde, hatte ich nicht in ihrer konkreten Bedeutung erfaßt und miteinander in Verbindung gebracht. Als es sogar dazu kam, daß ich Lane meinem Mann vorstellte, war ich wohl ernstlich nicht bei Sinnen. Weil ich mich in die feste Überzeugung verrannt hatte, die Wahrheit müßte von David ans Licht gebracht werden.

Die beiden in eine Falle zu locken, wie David meinte, war absolut nicht meine Absicht gewesen. Was für eine Idee! Ich müßte das sofort klären.

Eine so grausame Methode anzuwenden, hatte ich doch nicht vor, Lane! Ich hatte keinerlei Drehbuch vorbereitet für das, was heute abend geschehen könnte. Sondern ich hatte mich allein zu dem Zweck herbemüht, mir von Dave und dir Verspottung und Verachtung einzuhandeln. Daß mein Mann hier sein würde, das stand nicht auf meinem Programm, Lane. Gib mir eine Chance, es dir zu erklären! – Hektisch riß ich meinen Blick von Davids Augen los und wandte mich schnell ab, um zu Lane zu gehen.

Da packte David mich fest am Arm. Ich weiß nicht, was er dachte, aber seine Hand übte einen so starken Druck aus, daß ich mich nicht rühren konnte. Und so sah ich nur noch, wie Lane eilig dem Ausgang zustrebte – sah seine Gestalt von hinten.

Es war das erste Mal, daß ich Lane weggehen sah. Wie sich ein paar wirre Strähnen seines schwarzen Haares wie lebende Schlangen um seinen Nacken schmiegten, das brannte sich mir fest in die Augen. Daß ich dem Rücken eines Mannes nachschaute, der mich verließ, war nicht das erste Mal. Auch Shunsuke und David waren weggegangen, indem sie mir ihren Rücken zuwandten. Aber Lane! Seine wundervollen blauen Augen würden sich nun niemals mehr nach mir umschauen.

David lockerte den Druck, mit dem er meinen Arm gepackt hielt.

„Ist schon in Ordnung. Morgen früh wird er dich wieder anrufen."

„Nein, Dave. Es gibt keinen Anruf. Es ist aus."

„Dann mach dir keinen Kummer mehr darum. Das wäre nicht deine Art, Yōko. Hast du dich nicht von mir damals leicht und lächelnd getrennt? Bitte, Yōko, mach mich nicht eifersüchtig! Hast du ihn denn so gern gehabt?"

„Ich habe ihn geliebt", gab ich leise, aber deutlich zur Antwort. Zum ersten Mal sprach ich es aus. Ich merkte selbst mit Bestürzung, daß ich dabei unwillkürlich die Vergangenheitsform benutzte. Schon fing ich an, mich daran zu gewöhnen, daß die Affäre dieses Sommers endgültig vorbei war.

David schleppte mich zum Tisch meines Mannes und stellte ihm ein neues Bier hin.

Wir hoben die Gläser und prosteten uns zu. Was in meinem schimmernden Glas schwankte, war das Meer, und es hatte die Farbe von Tränen. Dahinter, ganz klein, die Gesichter von meinem Mann und von David.

„Prost!"

Auf meine beendete Liebesaffäre. Und auf Lane, den ich geliebt habe, mit seinem schwarzen Haar und seinen blauen Augen. Auf seinen heißen Mund und seine schönen Hände. Auf James Joyce und die Brandenburgischen Konzerte, die Lane so liebte. Auf unser tragisches Abendessen. Auf Lane, und alles Gute für ihn. Auch auf David Hall und meinen Mann Paul. Und zuletzt auf mich selber.

Nachher würde ich die Stufen hinuntergehen und durch die nächtlichen Straßen streifen. Ich würde neben meinem Mann den Weg zu unserem Haus einschlagen. Und um meinen übermäßigen Schmerz nicht hinauszuschreien, würde ich meine Hand in die von Paul schieben, und um nicht zuviel grübeln zu müssen, würde ich seinem schnellen Schritt angepaßt neben ihm herlaufen.

Und dabei würden der Nachtwind und das Rauschen und Leuchten von Roppongi über meine Wangen streichen, und ich würde wohl nach und nach ganz allmählich getröstet werden.

Noch einmal hob ich mein Glas.

Prost!

Liebesgeschichten

I

Bloody Mary

Die Kellerbar hatte eben erst geöffnet, und so waren noch
fast keine Gäste da. Wie in einer Hotelbar üblich,
herrschte eine saubere, ruhige Atmosphäre mit gedämpf-
ter Beleuchtung. Insgesamt hatten sich drei Gäste einge-
funden. An der Theke saßen, jeder für sich allein, mit etwas Abstand, ein Mann und eine Frau. Und in einer
Sitzecke hatte sich ein älterer Herr niedergelassen. Der
muffige und zugleich affektierte Barkeeper wischte mit
routinierten Griffen die Mahagoni-Theke trocken. Vorher
hatte er die Brandy-Gläser piekfein blankpoliert und aufgereiht.

„Dasselbe noch mal, bitte", bestellte die Dame, die an
einer Ecke der Theke still vor sich hin trank, während sie
seinen Handbewegungen mit den Augen folgte.

„Eine Bloody Mary, nicht?" sagte der Barkeeper mit
unbewegtem Gesicht, seine Hand mit dem Wischtuch in-
nehaltend.

Dumme Frage, dachte die Frau kühl mit einem leichten
Heben ihrer rechten Augenbraue. Bei einem, der da vor
ihm sitzt und trinkt, sollte er doch noch wissen, was für
ein Getränk das war, das er selber vor kaum zehn Minuten
gemixt hatte.

Weil die Dame nichts sagte, schaute der Barkeeper sie
mit eindringlich fragenden Augen an, als wollte er noch
einmal unausgesprochen sagen: „Das war's doch?"

„Sie, kennen Sie schon diese Geschichte?" fragte die Frau unvermittelt mit ihrer sanften Stimme. „Das Hotel O. wird doch angeblich jedes Jahr auf Platz zwei oder drei der besten Hotels der Welt gewählt – und dazu gibt es ja eine bekannte Episode. Haben Sie nicht davon gehört?"

Der Barkeeper, gefällig die Mundwinkel verziehend, lächelte vage. Der junge Mann von etwa knapp Dreißig, der seinerseits an der Ecke der L-förmigen Theke in aller Ruhe sein mit Bourbon gefülltes hohes Glas umfaßt hielt, ließ seinen Blick flüchtig vom Barkeeper zu der Frau schweifen.

„Also, Sie scheinen es nicht gehört zu haben!" Damit steckte sich die Dame eine Camel in den Mund.

„Ich habe von dieser sogenannten Episode gehört!" mischte sich der männliche Gast von der L-Ecke her ein. Die Frau neigte leicht den Kopf, wie mit einem „Ach ja?"

„Das ist doch die Geschichte von einem Amerikaner, der sich geschäftehalber nach zwei Jahren oder so wieder in der Bar vom Hotel O. blicken ließ." Sie nickte bejahend.

„Danach hat ihn der Barkeeper vom Hotel O. gleich mit Namen angeredet, ‚Lange nicht gesehen, Mr. Golding', oder so ähnlich. In dem Stil ‚Alles beim alten?', nicht wahr."

„Das war doch ein Gast von vor zwei Jahren. Er hatte einen einfachen Namen wie Smith oder Seller, jedenfalls etwas, was man sich nicht gut merken kann", stimmte sie ihm zu.

„Darüber braucht man sich gar nicht zu wundern", fuhr der Mann an den Barkeeper gewandt fort, nachdem er einen Schluck Bourbon genommen hatte.

„‚Mögen Sie auch heute Ihren Martini auf Wodka-Basis?' erkundigte sich jener Barkeeper. Und das nicht nur bei Mr. Golding oder Mr. Smith – alle Hochachtung!" Der Mann fing von der anderen Seite der L-förmigen Theke her, über die Schulter des Barkeepers hinweg, den Blick der jungen Frau auf.

104

Ungerührt mixte der Barkeeper den Tomatensaft und Wodka zusammen und stellte ihn vor die Frau hin.

„Ist das nicht pure Erfindung? Die Bestellungen der Gäste kann man sich doch nicht jede einzeln genau merken!"

„Was die allerbesten Profis in diesem Metier sind – die können das schon!"

„Das ist aber hart gesagt, mein Herr!" Mit einem geheuchelten Lachen zum Schluß verließ der Barkeeper seinen Platz, um die Bestellung des Gastes in der Sitzecke entgegenzunehmen, obwohl er gar nicht gerufen worden war.

Der Mann wandte sich der Frau zu und hob leicht sein Glas. Auch sie hob als Antwort darauf ihr Glas ein bißchen hoch. „Warten Sie auf jemanden?" fragte er beiläufig über sein Glas hinweg. „Nein", antwortete sie lässig.

„Ja dann – würde es Ihnen etwas ausmachen, wenn ich Ihnen Gesellschaft leisten würde?" Mit diesen Worten setzte er sich, ohne ihre Antwort abzuwarten, neben sie. Neuerdings gibt es in Japan immer mehr Männer, die so etwas wie selbstverständlich tun können, ohne allzu unhöflich zu sein und auch ohne affektiert zu wirken, dachte sie bei sich.

„Bis halb sieben könnten wir ja zusammen verbringen", gestand sie zu und kam ihm so mit einer Festsetzung der Zeit zuvor.

Er hob den Rand vom Ärmel seines blaugrauen Anzugs an, warf einen flüchtigen Blick auf seine Armbanduhr und lachte grinsend:

„Wenn uns nur soviel Zeit bleibt, das reicht. In der Zeit kann man ja alles mögliche machen. Zum Beispiel könnte man zwei weitere Bloody Marys trinken, oder wenn man ein Taschenbuch hätte, könnte man zwei Kurzgeschichten lesen. Es wäre möglich, von hier bis zum Bahnhof Shinjuku zweimal hin und zurück zu joggen, oder je nach den Umständen...", brachte er in einem Atemzug bedeutungsvoll heraus. „Es wäre auch nicht unmöglich, zur Rezeption des Hotels zu gehen und ein Zimmer zu bestellen, eine Dusche zu nehmen und heißen Sex zu machen – das ist natürlich nur als Beispiel gesagt", fügte er an.

„Zu all dem habe ich aber keine Lust", antwortete sie betont kühl. „Mir steht nicht der Sinn danach, zwei weitere Bloody Marys zu trinken, und für Kurzgeschichten, bei denen man meint, am Ende zu sein, bevor man mitgerissen ist, habe ich auch kein Interesse. Und Joggen? Das ist mir zuwider. Bloßes Laufen ist doch langweilig. Auch wenn nur von lauter Beispielen die Rede ist."

„Tja, und das letzte?"

„So als Idee ist es von dem eben Aufgezählten wohl das Interessanteste", antwortete sie, ohne auch nur zu lächeln. „Unabhängig davon, ob man es macht oder nicht."

„Und als eine Frage der Realität, was dann?" lächelte er verführerisch hinter seinem hohen Glas.

„Tut mir leid."

„Ist es, weil ich nicht Ihr Typ bin?" Er war nicht im geringsten abgeschreckt.

Daraufhin musterte sie ihn eingehend mit einem Blick von der Art, wie normalerweise Männer die Frauen abschätzen.

„Das kann man auch wieder nicht sagen." Ihr Ton war irgendwie so, daß er ihn hoffen ließ. „Jedenfalls ist das Thema nun beendet, nicht?"

Dem konnte er leicht mit „Okay" zustimmen. „Übrigens, kommen Sie öfter auf einen Drink hier vorbei?"

„Ich habe nicht viel Lust, nochmal wiederzukommen", sagte sie leise mit Blick auf den an seine Theke zurückkehrenden Barkeeper. „Einen muffigen Barkeeper nehme ich ja noch in Kauf, aber lästige Fragen gestellt zu bekommen, kann ich gar nicht leiden."

„Sie sind ja recht empfindlich."

„Wenn ich mir schon einen Drink leiste, möchte ich wenigstens in guter Stimmung trinken, weiter nichts."

„Wie wär's mit noch einem Drink? Ich lade Sie ein." Er gab dem Barkeeper ein Zeichen mit den Augen.

„Das ist ja sehr nett, aber ..." Sie schüttelte den Kopf. „Ich habe nämlich nachher noch was vor."

„Was Wichtiges?"

„Na ja ..."

„Ein Mann?"

„Bloß um eine Freundin zu treffen, würde es sich wohl nicht lohnen, sich so gut anzuziehen?" Sie warf ihm einen ironischen Seitenblick zu.

Daraufhin schaute er sich ihr braves Kostüm im Chanel-Stil sehr genau an. „Darf ich mal was sagen?" fragte er.

„Bitte."

„Diese Kleidung kommt mir irgendwie vor wie der typische Stil für ein Heiratsvermittlungstreffen."

„So?"

„Und noch ein Wort." Er lachte charmant. „Sie paßt überhaupt nicht zu Ihnen!"

„Das ist ja sehr schade", antwortete sie nicht einmal allzu sehr verärgert. „Welche Kleidung würde mir denn Ihrer Meinung nach stehen?"

„Was Ihnen gut stünde, wären Lady-Kleider wie von Shimada Junko oder von der Alaia-Boutique. Irgendwie unschuldig aufregend, ein Typ, der ausdrückt: Männer kenne ich so viele wie Sterne am Himmel."

„Sie kennen sich gut aus, was?"

„In Kleidern?"

„Nicht nur – sondern auch mit Frauen!"

„Genauso gut, wie Sie sich mit Männern, oder?"

„Also das ist ja wohl reine Vermutung. Jedenfalls kann ich auf Ihren Rat verzichten", sagte sie wie plötzlich ernüchtert.

„Auch wenn Sie nach Ihrer Kleidung noch so sehr aussehen wie eine ganz normale junge Frau, die keiner Fliege was zuleide tut, können Sie doch Ihre wahre Natur nicht verbergen!"

„Wie unhöflich!" sagte sie patzig. „Meine ‚wahre Natur' – was soll denn das heißen?"

„Dazu sage ich lieber nichts." Er brach ab und signalisierte dem Barkeeper mit den Augen eine Bestellung für noch ein Getränk für beide. „Aber um Himmels willen – Sie haben doch wohl nicht wirklich ein Heiratsvermittlungstreffen? Jetzt gleich?" sagte er in einem Ton, als mache er sich über sie lustig.

„Meine Güte!" Dazu lächelte sie. „Jemand wie ich hätte ja wohl so etwas wie eine Heiratsvermittlung nicht nötig!" setzte sie dann etwas nachdenklicher hinzu. „Aber Frauen sind doch so, daß sie je nach der Gelegenheit unerwartet ein wohlbehütetes Mädchen, das keiner Fliege etwas zuleide tut, vormachen können."

„Ach, wirklich?" sagte er in einem Ton, als wolle er sagen, da hätte er aber seine Zweifel.

„Allerdings. Dumm, daß wir uns seltsamerweise an diesem Platz getroffen haben: Wenn unser erstes Treffen woanders, an einem schicklicheren Ort gewesen wäre, hätte ich Sie täuschen können. Da bin ich sicher."

„Zum Beispiel, wenn es im Sky-Restaurant im obersten Stock dieses Hotels gewesen wäre, mit weißer Tischdecke und einer Kerze in der Mitte – meinen Sie das?"

„So etwas zum Beispiel." Sie zuckte die Schultern. „Bei Kerzenschein, und draußen vor den Fenstern funkeln die Lichter der Großstadt wie versprengte Sternschnuppen – etwas Romantisches! Dort würden Sie zum Beispiel ein bißchen steifer dasitzen – natürlich alles Theater, nicht. Und ich hätte, wenn ich mit züchtig gesenktem Blick dorthin käme, mein Haar dann nach hinten zu einem Knoten gebunden, die Knöpfe an meiner Kostümbluse ordentlich bis zum Hals zugeknöpft und mich am Kragen anmutig mit einer Cattleya-Blüte oder so geschmückt, die Wangen und die Augenwinkel ganz rot geschminkt, so daß es wie Schamröte wirkte – in dem Fall würden auch Sie sich täuschen lassen."

„Das klingt aber selbstbewußt."

„Ich spreche aus Erfahrung."

„Auf die Art haben Sie wohl schon vielen Männern was vorgespiegelt."

„Und trotzdem war bis jetzt kein einziger Mann dabei, der mir gefiel."

„Das ist schade." Er schaute fest in ihr beinahe leidenschaftlich bewegtes, hübsches Gesicht. „Sie stellen wohl auch ziemlich hohe Ansprüche, was?"

„Eher ist es doch so: Männer, die sich so einfach von mir täuschen lassen, die daherkommen und gleich beim Kennenlernen sozusagen auf Biegen und Brechen eine Heirat vorhaben, die sind doch langweilig, oder? Verstehen Sie?"

„Hm, verstehe, verstehe", nickte er, indem er ihr tief in den aufgeknöpften Ausschnitt blickte. „Kommen Sie öfter an Plätze wie hier?" wiederholte er seine Frage von vorhin.

„In Hotelbars, meinen Sie? Komme ich schon."

„Immer, um Männer zu treffen? Oder um einen Mann abzuschleppen?"

„In einem ausländischen Film würde die Frau an dieser Stelle dem Mann mit aller Kraft eine Ohrfeige geben!"

„Böse? In dem Fall – Entschuldigung!"

„Auf Ihre allzu direkte Frage antworte ich Ihnen aber genauso direkt: Yes. Zu beidem: Yes."

„Es gibt ja wohl keinen Mann, der ablehnen würde, wenn er von einer Frau wie Ihnen angemacht wird!"

„Bis jetzt jedenfalls keinen." Sie lachte vor sich hin, als

fiele ihr plötzlich etwas ein. „Neulich lernte ich ja einen komischen Mann kennen. Einen Ausländer. Er schien zu denken, daß man in seiner Umgebung kein Englisch verstünde, und überschüttete mich mit einer Menge ordinärer Ausdrücke. Ganz unverblümt sagte er unanständige Dinge wie ‚Ich möchte dich vögeln‘ oder ‚Da möchte ich dich lecken‘. Das wurde mir zuviel, und deshalb hab ich's ihm heimgezahlt und gesagt: ‚Also, Seien Sie mal vorsichtig! Was ich am liebsten esse, ist ja euer bestes Stück, dick in Scheiben geschnitten, zwischen Schwarzbrot gelegt und reichlich mit Senf bestrichen und hineingebissen!‘ Damit kriege ich die meisten Männer abgeschreckt.“

Der Mann im blaugrauen Anzug begann mit den Fingerspitzen seine Krawatte zu lockern – momentan fühlte er sich offenbar unbehaglich.

Das nahm sie als Gelegenheit, ihre Hüften vom Barhocker gleiten zu lassen und aufzustehen. „So langsam muß ich gehen . . .“

„Die Rechnung hier geht in Ordnung. Ich zahle das.“

„Führen Sie damit was im Sinn?“

„Nein“, sagte er, fügte dann aber gleich berichtigend hinzu: „Jedenfalls bis Sie mich fragten, ob ich was im Sinn hätte, habe ich mir keine Gedanken gemacht“, murmelte er nur. „Aber nachher – wann sind Sie denn wieder frei?“

„Na ja . . .“ Sie schaute ihm ins Gesicht, als wolle sie ihn absichtlich nervös machen. „Also spätestens etwa in zwei Stunden.“

„Gut. Dann verabreden wir uns doch in zwei Stunden wieder hier.“

„Also das hatten Sie im Sinn.“ In ihren Augen tauchte erstmals ein feuchter Schimmer von Sinnlichkeit auf. „Und die zwei Stunden – wie wollen Sie die verbringen? Wenn Sie hier die ganze Zeit weitertrinken und dann, wenn ich wiederkomme, betrunken sind, also das fände ich widerlich!“

„Solche Dummheiten mache ich nicht! Ich werde mich als recht nüchtern erweisen."

Während sie einander direkt in die Augen schauten, wandte sie sich zum Gehen. Er legte seine Hand auf ihren Arm und flüsterte ihr schnell ins Ohr: „Ich bestelle uns ein Zimmer!"

Sie streifte seine Hand sachte ab und sagte: „Also in zwei Stunden – ich freue mich."

Als sie in der Etage, wo sich die Sky-Lounge befand, aus dem Lift stieg, wandte sie sich zur Damentoilette. Vor dem Spiegel rieb sie sich den allzu dicken grauen Lidschatten mit einem Kosmetiktuch ab, nahm ihr Rouge zur Hand und legte sich eilig Rot auf, erst auf den Wangenknochen und Lidern und dann in den Augenwinkeln. Allein dadurch wirkte ihr Gesicht jugendlicher, und mit einem Hauch scheinbar verschämter Fraulichkeit änderte sich ihr vorher etwas kesser Gesichtsausdruck. Zusätzlich trug sie noch an den Ohrläppchen Rouge auf und betupfte auch die Halslinien zu beiden Seiten mit dem Rougepinsel. Damit sah sie drei Jahre jünger aus, wie es bei jeder Frau wäre. Auch den aufreizenden, knallig roten Lippenstift wischte sie mit einem Tüchlein weg und ersetzte ihn durch eine Rosa-Nuance, die ihr ein unschuldiges Aussehen gab.

Danach trat sie ein paar Schritte zurück, und als ihre ganze Figur im Spiegel reflektiert wurde, schloß sie die Kragenknöpfe ihrer Seidenbluse ordentlich bis zum Hals hinauf.

Bei dem heutigen Heiratsvermittlungstreffen darf ich mir den Partner aber nicht entgehen lassen! – Schließlich hatte sie es bisher mit allerlei Einwänden dazu gebracht, daß sie das Heiratsalter schon überschritten hatte. Aber sie hatte keine Lust, deswegen nun bei nächster Gelegenheit einen Kompromiß einzugehen. Der heutige Partner war der Sohn eines Zahnarztes; er tat zwar zur Zeit Dienst im

111

Universitätskrankenhaus, würde aber in Zukunft einmal die Praxis seines Vaters übernehmen. Bei dem Partner würde es ihr an nichts fehlen. Im Gegenteil: Es war kaum anzunehmen, daß es noch einmal ein so gutes Angebot geben würde.

Sie fuhr sich mit dem Kamm durchs Haar, machte es hinten mit einem Gummi fest und band es mit einer geschickten Handbewegung ordentlich zu einem Knoten hoch. Die letzte Krönung war die aus ihrer Handtasche hervorgezauberte Cattleya-Blüte: Die steckte sie sich an den Kragen.

Der Playboy von eben – ob der wohl wirklich in zwei Stunden kommen würde? Er war ja gar kein übler Mann. Genau der Typ für eine Affäre zum Amüsieren. Ganz anders als der Partner von dem Stelldichein heute abend. Soweit sie auf dem Foto gesehen hatte, war der junge Zahnarzt mit seiner schwarzgerandeten, unerotischen Brille ein Mann ohne Ausstrahlung.

Andererseits, wenn sie mit dem verheiratet wäre, wäre sie dann für ihr ganzes Leben gesichert. Selbstgefällig betrachtete sie ihre eigene Gestalt im Spiegel. Da stand eine adrett und süß aussehende junge Frau. Die mußte es doch auf jeden Fall zu einer Heirat bringen! Dem Ehemann Hörner aufzusetzen und mit anderen Partnern Affären zu haben, war doch das Einfachste von der Welt. Sie neigte den Kopf zur Seite und lächelte sich zufrieden zu. Darauf verließ sie schließlich mit gestärktem Mut die Toilette und ging auf die Sky-Lounge zu. Ein bißchen gespannt war sie nun wirklich. Dem jungen Zahnarzt, der ein ernsthafter und ehrbarer Mensch sein sollte, etwas vorzumachen, dürfte wohl kein Problem sein, aber mit der Vermittlerin, einer gewissen Frau N., würde das schon schwieriger. Eine Frau ist immer der anderen Feind. Da mußte sie möglichst viel Liebenswürdigkeit zustande bringen.

In der Sky-Lounge waren fast alle Plätze besetzt. Sie

nannte dem Maître ihren Namen. „Einen Moment bitte" – damit verschwand dieser, kam zurück und geleitete sie zu einem Fensterplatz weiter hinten. Es war zehn Minuten vor der vereinbarten Zeit, und sie dachte, der Partner sei schon vor ihr gekommen, aber da war nur die Frau N.

Die beiden Frauen tauschten eine höfliche Begrüßung aus und nahmen Platz.

„Heute abend sehen Sie ja wieder noch frischer und hübscher aus", seufzte Frau N. voller Zufriedenheit. „Sie brauchen gar nicht förmlich zu sein. Der Partner ist nämlich ein ganz lockerer Typ."

„Ach ja?" Dabei schlug die junge Frau die Augen nieder. „Aber ich habe doch gehört, er soll ein so ernsthafter Mensch sein . . ."

„Er ist im Grunde ernsthaft. Aber er drückt sich sehr offen aus: Obwohl er sich selber ganz schön amüsiert hat, wünscht er sich als Ehepartnerin eine anständige Person. Es ist doch so: Immerhin sucht er sich ja eine junge Frau für die bekannte zahnmedizinische Klinik aus. Aber ihr beide werdet ganz bestimmt zueinander passen!"

Im gelben Schein der vor ihnen stehenden Kerze blinkten die Messer und Gabeln des Silberbestecks.

„Also dieser Herr ist wirklich salopp. Er läßt die Damen sogar warten . . ." Beim Sprechen ließ Frau N. ihren Finger auf dem Rand ihres Orangensaftglases entlanggleiten. „Solche Seiten hat er nun einmal. Er ist eben eine unbekümmerte Natur. Erstaunlicherweise ist es aber nicht so, daß er verbraucht wirkt. Für einen Mann von heute ist das wohl eher ungewöhnlich."

„Ja, wirklich", stimmte die Frau leicht zögernd zu. „Es gibt ja oft Männer, die schon vorher ungeduldig warten und, wenn die Dame eintrifft, gleich aufstehen und ihr sofort den Stuhl zurechtrücken. Bei so einem habe ich immer irgendwie ein unbehagliches Gefühl. Einer, der zu spät kommt, wirkt dagegen unkompliziert und sympathisch."

„Er ist wohl auch dreißig. Daß er bis in dieses Alter ledig geblieben ist, liegt offen gesagt daran, daß er in seinem Geschmack außergewöhnlich anspruchsvoll ist."

„Ach so?" Dabei huschte plötzlich Besorgnis über ihr Gesicht.

„Das geht schon in Ordnung!" Frau N. fuchtelte hastig mit der Hand.

„Da Sie es sind, klappt es diesmal bestimmt. Wenn er sagen wollte, ,Sie gefällt mir nicht' oder so etwas – das würde ich nicht zulassen."

„Oh!" Sie schaute Frau N. mit großen Augen liebenswürdig an: „Darf ich Sie also darum bitten."

„Um die Wahrheit zu sagen: Da habe ich doch von ihm zu hören bekommen: ,Wenn es eine Partnerin wäre, die Ihnen, Frau Tante, gefällt, würde es mir nichts ausmachen, das Vermittlungstreffen wegzulassen und sie gleich zu heiraten!' – ,Das geht ja nun nicht, ihr müßt euch auf jeden Fall erst treffen', habe ich ihm gesagt. ,Das ist doch wohl selbstverständlich!'" Frau N. warf plötzlich einen Blick in Richtung auf den Eingang.

„Ah, es scheint, er kommt zum Vorschein!"

Voller Spannung schaute die Frau unauffällig in diese Richtung. Hinter dem Maître war, indem nur ein Kopf hervorragte, das Gesicht des Mannes zu sehen. Er war, was sie auf dem Foto nicht hatte erkennen können, ziemlich groß. Allerdings trug er, wie sie es auf dem Foto gesehen hatte, die plumpe schwarzgerandete Brille. An dieser onkelhaften Brille muß man was tun, so nahm sie sich in Gedanken etwas Spielraum.

Der Maître vor ihm trat ein wenig nach rechts beiseite, um dem ankommenden Gast den Durchgang freizugeben. In diesem Moment geriet dahinter die volle Figur des Heiratskandidaten in ihr Blickfeld. Augenblicklich gefror ihr Körper wie von einer kalten Dusche übergossen. Denn der blaugraue Anzug, den der Mann trug, war ihr bekannt.

Er seinerseits schien die Frau noch nicht bemerkt zu haben. Wie gelähmt beobachtete sie, wie sich der Abstand zwischen ihnen verringerte. Wenn sie gekonnt hätte, wäre sie am liebsten entflohen, dachte sie, aber sie rührte sich nicht, so als läge ihr Körper in eisernen Fesseln.

Endlich stand ihr der Vermittlungspartner, nur durch die weiße Tischdecke getrennt, gegenüber.

„Ich habe Sie leider warten lassen . . ." Er neigte den Kopf vor Frau N. Da erst bemerkte er, wer die fassungslose Dame war, und da grinste er plötzlich. Darauf nahm er langsam die Brille ab, wandte sich ihr, die ganz blaß geworden war, zu und sagte: „Daß wir uns in der Bar getroffen haben, war ja wirklich Pech für uns beide."

Er setzte sich ihr direkt gegenüber, und während er die Speisekarte aufklappte, fuhr er fort: „Also die besagte Verabredung in zwei Stunden, die gilt doch noch. Das heißt, selbstverständlich nur, wenn es Ihnen recht ist."

Aber darauf konnte sie nicht sofort antworten.

II

Die Freundinnen

Wenn die Ampel grün wird, laufen unzählige Menschen aus allen vier Richtungen gleichzeitig los und steuern auf das Zentrum der Fahrbahn zu. Die Leute mischen sich bunt durcheinander, und nach einem großen Gewirr gehen sie gleich alle wieder in die Gegenrichtungen auseinander. Die grüne Ampel beginnt zu blinken. Die wenigen Leute, die die Fahrbahn verspätet überqueren, sind zum Eilschritt gezwungen.

Auch Kazumi war eine von denen. Ein übereilt rechts abbiegender Wagen kam angeschossen: beigefarbenes Verdeck auf italienisch-rotem Chassis. Während er mit einer stillosen, zu seinem eleganten Aussehen gar nicht passenden Hupe aufheulte, streifte er knapp an Kazumis Hüfte vorbei.

Als sie hinsah, war es eine Frau, die das linksseitige Steuer umfaßt hielt. Darüber noch zusätzlich erbost, schlug Kazumi in dem Moment, als der Wagen an ihr vorbeiglitt, mit ihrer Handfläche klatschend auf das Seitenfenster.

Die Frau auf dem Fahrersitz blickte sie ihrerseits wütend an. In diesem Augenblick rissen beide zugleich mit „Ah!" die Augen auf.

Die Fahrerin drosselte die Geschwindigkeit des Fiats, zog den Wagen an den linken Straßenrand und hielt an. Kazumi lief dicht hinter dem traumhaften italienischen

Sportwagen her, und dabei wurde sie sich ihrer eigenen Kleidung und Accessoires unangenehm bewußt.

„Lange nicht gesehen!" sagte Asako in animiertem Ton, und ihr Gesicht hellte sich zu einem Lachen auf, während sie die Wagentür aufriß und ausstieg. „Wirklich, wieviel Jahre mag das denn her sein?" Damit streifte sie ihre Autohandschuhe ab und fuhr sich mit der Hand durchs Haar. Ein Ring mit einem Brillanten von reichlich anderthalb Karat nahm den Strahl der Novembersonne auf und funkelte blitzend. Auch bei dem dazu passenden Ehering waren in einer Reihe fünf viereckige Brillanten eingesetzt.

„Sind es nicht sieben Jahre?" antwortete Kazumi mit der gleichen Freude wie die andere, aber ihre Stimmung sank beträchtlich.

„Schon sieben Jahre?" Asako riß ihre einfältigen Augen weit auf. Kazumi kam die Erinnerung, daß die andere wegen ihrer kleinen Augen und dicken Lider Minderwertigkeitskomplexe gehabt hatte.

Asako legte affektiert die Hand an ihren Mundwinkel und grinste: „Ist ja schlimm, wie wir beide alt geworden sind, nicht? – Aber Kazumi, hübsch wie eh und je!" Dazu warf sie wieder einen flüchtigen Blick auf die Kleidung ihrer alten Freundin aus der College-Zeit. „Was machst du denn jetzt?" Asako stellte die Frage mit einem gewissen Eifer in der Stimme, als ob sie aus dem Flair von Kazumis Kleidung irgend etwas entnommen hätte.

Kazumi, die nicht geheiratet hatte und immer noch ein Single war, brachte es irgendwie nicht fertig, zuzugeben, daß sie bei einer Handelsfirma am Empfang arbeitete, deshalb sagte sie vage: „Hm, ein bißchen so etwas wie Entwürfe . . .", und ließ das Ende des Satzes im unklaren. Kazumi war noch von ferne in Erinnerung, daß Asako in der Schulzeit mit leuchtenden Augen davon geredet hatte, ihr Traum sei es, später einmal in eine Werbeagentur einzutreten und Entwürfe für Produkt-Promotion oder Commercials zu machen.

„Ach", sagte Asako kleinlaut. Ihr Gesichtsausdruck schien sich ein ganz klein wenig verändert zu haben. „Du machst so etwas wie Entwürfe, Kazumi?"

„Ja, für frauenspezifische Produkte."

„Du bist also eine Karrierefrau!" In ihrer Stimme mischten sich eine Spur von Neid und Sarkasmus.

„Deshalb befasse ich mich nicht mit Heiratsangelegenheiten", sagte Kazumi munter und ließ damit anklingen, daß sie nicht die Absicht habe zu heiraten.

„Na, was bringt es, hier im Stehen zu reden – wollen wir nicht zusammen zu Mittag essen? Du hast doch wohl noch nicht gegessen?"

„Genau." Kazumi schaute flüchtig auf ihre Armbanduhr. Es war 12.25 Uhr. Bis ein Uhr mußte sie zu ihrem Dienst am Empfang zurückkehren.

„Oh, du hast eine feste Mittagspause, ja?" sagte Asako rücksichtsvoll, während sie einen Blick auf ihre eigene goldene Rolex warf.

„O nein. So etwas gibt es bei mir nicht. Bei meinem Job habe ich durchweg gleitende Arbeitszeit, morgens wie abends. Dabei kann ich die Zeiten weitgehend selbst bestimmen", log sie, ohne das vorgehabt zu haben.

„Fein", sagte Asako, indem sie die Wagentür öffnete. „Da vorne gibt es ein Restaurant, ein kleineres zwar, wo man aber leckere französische Küche bekommt – aber ach!, du weißt ja Bescheid, bei deinem Beruf bist du ja sicher gut informiert und kennst dich aus mit solchen Plätzen."

„Na ja, das stimmt." Kazumi nickte großtuerisch und stieg an der Wagentür, die Asako für sie geöffnet hatte, ein und ließ sich auf dem Beifahrersitz des Fiat nieder. Auf dem beigefarbenen Leder war nicht ein Körnchen Staub.

„Neuer Wagen, nicht?"

„Genau, erst letzte Woche gekauft."

„Zum Geburtstag oder so?"

„Ein solcher Anlaß war es zwar nicht..." Bei diesen Worten lächelte Asako verstohlen. „Aber es wird schon etwas dahinterstecken. Die Männer sind wirklich naiv, deshalb kommen ihre Fehler doch immer gleich heraus", fuhr sie fort, während sie den Motor anließ und anfuhr. „Jedesmal wenn er mir etwas kauft, weiß ich: Oh, er hat wohl wieder etwas Schlimmes angestellt."

„Etwas Schlimmes?"

„Zum Beispiel Fremdgehen", sagte Asako unbekümmert.

„Fremdgehen – läßt dich das denn kalt?"

„Kalt läßt es mich sicher nicht. Aber selbst wenn ich ihm sagen würde: ‚Tu das nicht!' – ein treuloser Mann ist doch nun einmal untreu. Deshalb mache ich doch mit ihm das gleiche." Asako zog den Kopf ein und lachte kichernd.

Bei dem Gedanken, daß die verheiratet war und darüber hinaus offenbar sogar noch Partner für Liebesaffären hatte, stieg in Kazumis Brust ein mulmiges Gefühl auf. Noch dazu wo es Asako war, die mit ihrem Aussehen doch zehn zu eins unter dem Durchschnitt lag!

Als sie im selben Tenniskurs waren, zur Zeit ihrer Parties und Kneipentouren, war es Kazumi gewesen, die bei den Studenten der Tōdai-Universität und bei den männlichen Kommilitonen von der Keiō-Universität immer am besten ankam, während Asako zu den Mädchen gehörte, die fast nie zu einem Date verabredet waren. Und es war Kazumi, die aus Mitleid mit ihr Doppel-Dates arrangierte und so auch für Asako viele Male solche Erinnerungen an die Jugendzeit geschaffen hatte.

Ehrlich gesagt, hatte es damals einen vom Lande stammenden Studenten gegeben, der Kazumi hartnäckig nachlief, der war, ohne sich dessen bewußt zu sein, als Mann ziemlich unattraktiv, und wenn die hochgewachsene Ka-

120

zumi hohe Absätze trug, war er zirka zwei Zentimeter kleiner als sie; etwa dreimal in der Woche rief er bei ihr zu Hause an und lud sie zu einem Date ein. Wie oft sie auch ablehnte – er zeigte sich davon völlig unbeeindruckt, so daß sie schließlich nachgab und etwa alle zwei Monate einmal eine Einladung annahm. Es war aber so, daß sie auch bei diesen Gelegenheiten auf keinen Fall mit ihm nur zu zweit ausgehen mochte und deshalb ein Doppel-Date daraus machte, indem sie Asako mitnahm und für sie jedesmal einen ihrer Verehrer auswählte, von denen sie mehr hatte, als sie an ihren zehn Fingern abzählen konnte.

Etwa die ersten zwei Jahre lang, nachdem sie ihren Abschluß am College gemacht und bei ihrer Handelsfirma Anstellung gefunden hatte, wurde sie weiterhin so von den Männern auf Händen getragen.

Auf Händen getragen wurde sie zwar, aber aus irgendwelchen Gründen gab es kaum Männer, die sich noch einen Schritt weiter vorgewagt und sich an Kazumis Verführung herangetraut hätten. Es kam zwar vor, daß verheiratete Vorgesetzte, Herren aus der Schicht der Abteilungsleiter oder leitenden Angestellten von Zweigfirmen oder so, sie bei einem Glas Wein zu verführen versuchten, aber die Absicht, sie dabei lediglich als Gespielin für das Abenteuer einer Nacht oder als feste Geliebte für ein Verhältnis über einige Jahre gewinnen zu wollen, war allzu ersichtlich.

Es war so, daß die jungen Männer, die zu ihr gepaßt hätten, sich aus irgendwelchen Gründen in respektvoller Entfernung von ihr hielten. Obwohl sie nicht beabsichtigte, sich besonders stolz zu verhalten und sozusagen auf ein hohes Podest zu stellen, hatten die Männer Kazumi nun einmal als „Blüte vom unerreichbaren Gipfel" eingestuft – und so war sie, ehe sie sich's versah, schließlich siebenundzwanzig geworden.

Nachdem sie den Fiat vor den französisch beschrifteten

Fenstern des Restaurants geparkt hatten, stießen die beiden Frauen die Tür auf, an der eine prätentiöse Speisekarte in handschriftlichen Zeichen aushing.

In fast luxuriöser Fülle waren überall Blumengestecke aufgestellt. Die mit blauem Samt bespannten Stühle im antiken Stil sowie die dazu passende übrige Einrichtung waren sehr geschmackvoll und hatten bestimmt eine Menge Geld gekostet.

Asako schien hier Stammgast zu sein, denn als die beiden einen Platz am Fenster einnahmen, kam von hinten ein Herr hervor, der aussah wie der Eigentümer und Küchenchef zugleich, und begrüßte sie.

„Was gibt's denn heute Leckeres?" fragte Asako lächelnd und griff nach der Speisekarte. Für die in den Grundtönen Blau und Silber gehaltene Ausstattung war der türkisblaue Blouson, den sie trug, ganz genau passend. Wo der Kragen an einer Seite geöffnet war, bildete das schwarze Seidenfutter einen kräftigen Akzent. Man konnte gleich erkennen, daß das sicherlich ein Modell der Pariser Haute Couture für über zweihunderttausend Yen sein mußte. Im Gegensatz dazu war das Tweedkostüm, das Kazumi trug, ein Stück, das sie im Winterschlußverkauf des vorletzten Jahres als Oberteil mit Rock für fünfzehntausend Yen gekauft hatte. Es hatte als ein New Yorker Designerstück gegolten, aber es war in Lizenz von einem japanischen Hersteller angefertigt und sozusagen von der Stange.

Trotzdem, wenn Kazumi mit ihrer großen, schlanken Figur und ihrem aparten Gesicht es trug, genügte es, um die Blicke der Leute auf sich zu ziehen. Aber umgeben von Blumengebinden, Leuchtern und Antiquitäten und von solchen kostbaren Kristallgläsern und englischem Markenporzellan und angesichts von Asako, die inmitten von all dem in ihrer sehr teuren Couture mit eleganter Handbewegung die Speisekarte umblätterte, da erschien

Kazumi, wie hübsch sie auch sein mochte, völlig blaß.
Diese Tatsache spürte sie – mehr als andere – selbst am
meisten mit all ihren Sinnen, deshalb versuchte sie, sich
innerlich mit dem Gedanken „Kleider machen eben Leute"
selbst aufzubauen, aber sie hatte das Gefühl, als ob ihre
Schultern unwillkürlich einsackten und ihr Rücken sich
krümmte. Draußen vor dem Fenster war Asakos schicker
italienischer Wagen zu sehen.

„An Fisch haben wir was Gutes reingekriegt", sagte der
dicke Chef.

„Fisch, ja?" Asako schaute Kazumi an. „Wie wär's?"

„Was gibt es denn?"

„Zungenflunder und Lachs wären da."

„Also, für mich die Zungenflunder."

„Und als Soße, welche möchten Sie da?"

„Eine nicht allzu schwere, bitte."

„Dann werden wir etwas leicht gebräunte Butter für Sie
darübergießen."

„Für mich bitte Ris de Veau", sagte Asako und legte die
Speisekarte weg. Was der sogenannte Ris de Veau sein
sollte, war Kazumi völlig rätselhaft. Sie dachte sich, wenn
er kommt, wird's mir klar werden, und verkniff sich eine
dumme Frage.

„Und wie halten Sie es mit dem Wein?"

„Ich fahre ja. Aber nur ein Gläschen macht ja nichts aus.
Was haben Sie denn jetzt als Hauswein hereinbekommen?"

„Reine Pedauque."

„Also der ist mir recht. Du wirst wohl Weißen trinken
wollen?"

„Wie soll ich's denn machen", zögerte Kazumi. Wenn
sie während der Dienstzeit Alkohol zu sich nahm, und sei
es auch nur ein Glas, wurde ihre Kondition beeinträchtigt.
Aber sich hier Ängstlichkeit anmerken zu lassen, ging
nicht an. Sie fühlte sich ohnehin fortwährend wie erschla-

gen von Asakos Verwandlung. Um sich keine Blöße zu geben, sagte sie schließlich leichthin: „Also ein Glas von irgendeinem trockenen Hauswein."

Als der Chef sich zurückgezogen hatte, stützte Asako ihre beiden Arme auf der weißen Tischdecke auf, lehnte sich mit dem Körper herüber und schaute Kazumi forschend an. „Also wirklich, was für ein Zufall, dich zu treffen – freut mich!"

„Mich aber auch! Du scheinst ja glücklich zu sein." Unwillkürlich war ihr Blick neidisch geworden.

„Gerade du bist doch toll! Was mein Traum war – eine Frau, die in ihrem Beruf aufgeht, wie man sagt!"

„Ja, nicht wahr, du hattest immer gesagt, daß du sicher bis dreißig nicht heiraten würdest."

„Jaja. Weil ich häßlich war", lachte Asako unbekümmert. „Zwar bin ich ja auch jetzt noch häßlich. Damals dachte ich, es bliebe mir nichts anderes übrig, als mich in einen Beruf zu stürzen. Du, Kazumi, warst wie eine Königin, und alle Freunde dachten, daß du bestimmt gleich nach dem Abschlußexamen mächtig umworben wärest und bald heiraten würdest, aber – das Leben ist doch komisch! Einer wie mir fiel es zu, von jemandem einen ernsthaften Antrag zu bekommen, und sie hat tatsächlich ganz früh geheiratet, und eine Schönheit wie du wählt den Weg, völlig im Beruf aufzugehen."

Es war wohl kein böser Wille, aber Asakos Worte stachen Kazumi wie Dornen. Sie hatte nicht die Absicht gehabt, in einem geliebten Beruf aufzugehen, und auch nicht vorgehabt, auf die ersehnte Heirat zu verzichten. Die Asako da vor ihr hatte einen reichen Ehemann und hatte sogar auch Liebhaber – sie schien einfach alles zu besitzen. Daß sie ein üppiges Liebesleben führte, daran war nicht zu zweifeln.

Als ihre Gedanken zum Punkt des Liebeslebens gelangten, wurde Kazumi plötzlich von dem fröstelnden Gedanken gepackt, ihre eigene Lage sei erbärmlich. Als Frau von Siebenundzwanzig hatte sie in Wirklichkeit nur ein äußerst dürftiges Sexleben. Natürlich, wenn sie nachts allein in einer Kaffeebar säße, gäbe es eine Menge Männer, die sie ansprächen.

Jedoch mit solchen Männern sozusagen im Vorbeigehen eine nur auf eine Nacht begrenzte Beziehung zu knüpfen, dazu besaß sie nicht den Mut. Wenn sie so etwas einmal machte, würden vom zweiten Mal an ihre Bremsen nicht mehr gehorchen.

Asako hatte rundlich Fett angesetzt, und ihre Haut glänzte. Mit ihr verglichen empfand Kazumi sich selber unangenehm faltig und wie ausgetrocknet. Ich bin ja nicht einmal eine blühende Frau, dachte sie, und dabei fing sie an zu zittern vor unerträglicher Nervenanspannung. Wenn sie daran dachte, daß ihr eigener Körper in fast unbenutztem Zustand dahinwelken und bald verfallen würde, hätte sie vor Verdruß fast mit den Zähnen geknirscht.

Das von Asako bestellte Gericht wurde hereingebracht. Auch als Kazumi den Inhalt des Tellers sah, erhellte sich ihr keinesfalls, was der Ris de Veau für ein Zeug war. Es waren sechs oder sieben Stücke, so groß wie Kastanienfrüchte, ganz mit einer cremigen Soße überzogen.

„Das – was ist das?" fragte sie spontan aus Neugier.

„Ris de Veau. Fleischbries."

„Ach so." Aber bei dieser Antwort wußte sie immer noch nicht, welches Stück von welchem Tier das war, was sich Bries nannte.

„Nun, die frauenspezifischen Entwürfe – was für ein Job ist das denn?" Unerwartet berührte Asakos Frage den Inhalt ihrer Arbeit.

„Das kann ich nicht sagen. Eine Art Betriebsgeheimnis mit Rücksicht auf die Kunden. Entschuldige."

„Das wirkt ja um so professioneller! Wirklich beneidenswert! Mit dir verglichen ist mein Leben ja wirklich langweilig. Todlangweilig manchmal!"

„Wie schade, so etwas zu sagen!" Kazumi war ein wenig beschämt. „Wenn ich ein Leben wie du führen könnte, würde ich doch sofort die Karriere und alles hinwerfen!"

„Wenn es ginge, würde ich gerne mit dir tauschen", sagte Asako in einem Ton, der sowohl Lüge wie auch Ernst sein konnte, und seufzte.

Davon mitgerissen, sagte Kazumi unwillkürlich aufrichtig: „Irgendwie scheint es doch, als führten wir beide ein vertauschtes Leben!"

„Das hab ich tatsächlich auch gedacht! Dir und mir, uns scheint irgendwo ein Wechsel unserer Lebensläufe passiert zu sein."

Wo das wohl war? Dabei schaute Kazumi ahnungslos in die Ferne. Könnte es vielleicht sein, daß ich irgendwo eine traumhafte Chance, die mir gegeben war, verpaßt habe? Wie sehr sie auch nachdachte – nicht die leiseste Ahnung dämmerte ihr auf. Da war nur die Erinnerung an die Jugendzeit, die sie, da sie großartig ankam, vergnügt und fröhlich verbracht hatte.

Eine Weile setzten die beiden schweigend ihre Mahlzeit fort. Sie hatten nicht allzuviel gemeinsamen Gesprächsstoff.

„Tennis – spielst du noch?" fragte Kazumi.

„Ich spiele zwar dreimal in der Woche Rasentennis. Aber nur so zum Vergnügen. Und du?"

„Ich bin zu beschäftigt", schüttelte sie den Kopf. „Spielt dein Mann denn auch Tennis?"

„Das ist doch sein einziges Hobby. Allerdings in letzter Zeit ist er ja auch so beschäftigt, daß er den Tennisschläger anscheinend nicht einmal mehr anfaßt."

„Ist er noch ein junger Mann?"

„Wieso?"

„Hm, nur so." Weil nämlich nicht zu glauben war, daß ein junger und reicher Mann tatsächlich eine dunkelhäutige und dickliche, überhaupt nicht gutaussehende Frau wie Asako heiraten würde. Aus Mißgunst hatte sich Kazumi unwillkürlich vorgestellt, er müsse ein verwitweter Mittvierziger sein, ein Spekulant, der mit Grundstücken Geld gemacht hatte oder so ähnlich.

„Aber damals war es schön, zur Studentenzeit. Als wir einfach Tennis spielten, ganz ohne Sorgen!" sagte Asako und lächelte. Es war irgendwie ein verlorenes Lächeln, fand Kazumi. Bestimmt mußte ihr Mann eine zweite oder dritte haben. Bedauernswert.

„Wirklich, es war doch schön", stimmte auch Kazumi zu, während sie die Gräte der Zungenflunder aussortierte.

„Ja, erinnerst du dich? Haben wir nicht oft Doppel-Dates gemacht?"

„Ich weiß noch." Asako nickte.

„Entschuldige noch für damals!" Unbewußt verfiel Kazumi in ihrem Ton in die Stimmung der Studentenzeit.

„Entschuldigen – wofür?"

„Daß ich dir jenen Sonderling zugeschoben habe."

„Ach!"

„Wirklich, entschuldige, Asako. Ich meinte zwar nicht, daß der dir gefiele – aber im Grunde war er doch kein schlechter Mensch."

„Ja, nicht wahr."

„Weil er allzu hartnäckig war, bin ich aus Mitleid schließlich doch mit ihm ausgegangen, aber wenn ich hohe Absätze trug, war ich doch größer als er. Und dazu war er ja lästigerweise durch und durch ein Bauerntrampel."

„Im Tennis war er ja gut . . ."

„Hm, ich erinnere mich. Das schien sein einziger Pluspunkt zu sein! Sonst war er rundum ein Provinzler."

„In der Tat stammt er ja vom Lande."

„Sicherlich, von Nagano oder irgendwo."

„Aus Gumma."

„Du erinnerst dich aber sehr gut", sagte Kazumi bewundernd.

„In Gumma besaß sein Vater doch eine Menge Bergland!"

„Ach, wußte ich nicht." Kazumi streckte ihre Hand aus und nahm einen Schluck von dem gut gekühlten Wein. „Es fällt mir zwar jetzt eben erst ein, aber – der hat mir doch sogar mal einen Antrag gemacht. Ja, ich erinnere mich. Er nahm mich in irgend so ein ödes Restaurant mit, und da hab ich zu ihm gesagt: Unsinn. Ich hätte noch nicht vor, irgendwen zu heiraten." – Und das Ende war ja nun, daß Kazumi überhaupt nicht verheiratet war.

„Das war doch wahrscheinlich der Zeitpunkt, wo der Wechsel unserer Lebensläufe passiert ist, Kazumi." Asako sprach plötzlich mit tiefer Stimme und gedehnt.

„Wie?" Kazumi hielt die Luft an. „Nicht möglich!"

„Doch, ja", nickte Asako. „Der Provinzler von damals ist mein jetziger Mann."

„Ist nicht wahr! Aber der war doch . . ."

„Er hatte kein Geld, damals. Bei seinem furchtbaren Kummer, weil er von dir abgewiesen worden war, hatte ich Mitleid mit ihm. Da hab ich ihn eben getröstet!"

„Und dann ist es so gekommen . . ."

„Genau."

„Wußtest du denn, daß er reich war?"

„Das wußte ich natürlich nicht. Als wir heirateten, hatte er ja noch kein Geld. Drei Jahre später ist sein Vater gestorben, und das Erbe fiel an ihn. Danach hat er mit einer Handelsfirma für Im- und Export angefangen."

Kazumi war es, als ob sich in ihrer Brust schlagartig ein Loch auftäte: das Gefühl eines irreparablen Fehlers.

„Also war dein Motiv nicht unlauter, Asako. Verzeihlich, verzeihlich", sagte sie mit gezwungener Heiterkeit. Asakos Gesichtszüge entspannten sich plötzlich.

Überraschend nahm Kazumi die Rechnung an sich und stand auf. „Schade, aber ich habe ab halb zwei eine Planungskonferenz." Sie hatte das Gefühl, sich nicht eine Minute mehr beherrschen zu können.

„Oh, ich bezahle! Ich habe dich doch eingeladen." Asako überstürzte sich.

„Nein, nein, in Ordnung!" sagte Kazumi entschieden. „Du bist doch Hausfrau? Ein eigenes Einkommen hast du doch wohl nicht? Auch wenn du danach aussiehst . . . Da ich arbeite und als Frau ein beträchtliches Einkommen habe, überlaß mir das bitte", warf sie sich scherzend in Pose.

Die „Aber . . ." murmelnde Asako zurücklassend, wandte sich Kazumi zur Kasse. Während sie die Summe von etwas über zehntausend Yen bezahlte, überschlug sie, daß damit ein Betrag für zwanzig eigene Mittagessen dahin war. Jedoch im Gegensatz zu vorhin, als sie hereinkam, ging sie mit gesteiftem Rückgrat und gerecktem Kinn stolz aus dem Lokal hinaus. Als sie nach draußen getreten war und wußte, daß sie Asakos Blickfeld nun ganz entschwunden war, fielen Kazumis Gesichtszüge mit einem Mal in sich zusammen.

III

Sturzregen

Bei all den Männern und Frauen, die die Treppe zur
U-Bahn herunterkommen, sind Gesichter und Haare
tropfnaß. Wenn man in der engen Passage aneinander
vorbeigeht, hinterlassen die Männer aus ihrer feuchten
Kleidung einen animalischen Geruch.

Als Miyako von zu Hause wegging, waren einige –
wenn auch nicht viele – Sterne zu sehen, deshalb hatte sie
keine Vorkehrungen getroffen, wie etwa einen Schirm
mitzunehmen. An der Stelle, kurz bevor man auf das Niveau der Straße hinaustritt, weht das Sprühwasser des
starken Regens zu beiden Seiten ziemlich weit herein. An
der Treppe ist ein Durcheinander entstanden von herein-
geflüchteten Passanten und ausgestiegenen U-Bahn-Fahr-
gästen, die, von dem Regenguß am zügigen Hinausgehen
gehindert, stur stehenbleiben.

Von der Woge der von hinten heraufquellenden Menschen ganz ohne ihr Zutun herausgeschoben – so stand
Miyako auf dem Gehsteig neben der Straßenkreuzung,
und mit einem plötzlichen Entschluß rannte sie unter das
Vordach einer links etwa sechs Meter weiter vorn gelege-
nen Buchhandlung. Auch die sechs Meter mußte sie mitten im schüttenden Regen laufen, denn unter dem Vordach des Obstladens direkt vor ihr gab es bereits so viele
Kunden wie Pampelmusen an einem reichbehangenen
Baum, und auch unter der nur nominell als Vordach zu

131

bezeichnenden Leinwandmarkise des anschließenden Tabakladens hatten sich Männer, anscheinend lauter Angestellte, Schulter an Schulter drängend versammelt.

Der Regen war durch Miyakos dünne Wolljacke gedrungen und hatte ihre Schultern naßkalt gemacht, und die Haare klebten ihr auf Stirn und Nacken wie Seetang.

Im Lauf eines Lebens gibt es so manches unerträglich Abscheuliche, aber nichts ist erbärmlicher, als in angekleidetem Zustand von einem Regenguß völlig durchnäßt zu werden, dachte Miyako, während sie sich unter dem Vordach der Buchhandlung die an ihrer Wange herunterlaufenden Tropfen mit der Handfläche abwischte.

Über die unter dem Vordach nebeneinander ausgelegten diversen Zeitschriften hatten die Buchhandlungsangestellten, so schnell sie konnten, eine durchsichtige Plastikfolie gedeckt. Als ein Mann, dem die Tropfen aus dem Haar fallen, Anstalten machte, sich durch den schmalen Durchgang ins Ladeninnere zu zwängen, beschwerte sich ein Herr – offenbar der Ladenbesitzer – bei ihm: „Entschuldigen Sie, mein Herr, aber wenn die Bücher naß werden, kann ich kein Geschäft mehr damit machen." Mit einem gezwungenen Lächeln zog sich der Mann zurück und gesellte sich achselzuckend zu der Gruppe unter dem Vordach. Diejenigen Leute, die unverfroren im Laden stehend zu lesen pflegen und das auch schon vor Ausbruch des Platzregens hier gemacht und einfach in den Büchern geschmökert hatten, die schauten alle – obwohl sie sich darauf ja bestimmt nicht viel einbilden konnten – mit flüchtigen Seitenblicken, bei denen in den Augenwinkeln eine Art Überlegenheitsgefühl durchschimmerte, auf jene Besucher, die nur den Regenschutz des Vordachs suchten.

Unter dem Vordach wurde es mit ein, zwei noch hereindrängenden Neuankömmlingen fast ganz voll. Von den Leuten vorn und hinten, rechts und links wurden einzelne

Arme, Rücken, Hüften und Seiten irgendwo dicht an Miyakos Körper gepreßt.

Es gibt nichts Unangenehmeres, als die Körperwärme anderer Leute, die durch die nasse Kleidung noch hindurchdringt, ungehörig heiß zu spüren. Schon bei dem von Frauenhaar aufsteigenden Geruch wird einem beklommen, und der beim Naßwerden von Wollpullovern oder Anzügen entstehende Gestank ist erst recht widerlich.

Miyako schaute fluchend zum nächtlich dunklen Regenhimmel auf.

„Es hört gleich auf!" tönte unversehens eine männliche Stimme schräg links über ihr. Es war ein hochgewachsener Mann, der mit seiner Seite leicht an sie gedrückt war. Anders gesehen kann man aber auch sagen, daß Miyako ihren Arm in die Seitenpartie dieses Mannes gepreßt hielt. Kurzum, es beruhte auf Gegenseitigkeit.

„Ich weiß nicht recht", murmelte Miyako betont zweifelnd und schaute dem Mann, den Blick zu ihm aufschlagend, ins Gesicht. In ihrer Sprechweise wahrte sie zwar den gebührenden Abstand, hatte aber keinesfalls eine abweisende Nuance, denn sie hatte auf den ersten Blick gleich festgestellt, daß er in die Kategorie der Männer gehörte, die sie ihrerseits mag.

Miyako war nämlich eine erfahrene Frau von etwas über dreißig, und dieser Mann machte den Eindruck, daß sein Wesen ihr irgendwie recht ähnlich, aber dennoch nicht zu ergründen war. Nach diesem Eindruck konnte man nicht wissen, ob er verheiratet war oder nicht, und in bezug auf seinen Beruf sah es nicht so aus, als ob er – zum Beispiel als Angestellter – einen festen Job hätte. Ob er wohl ein Mensch war, der Geld hatte, oder ob er sich vielleicht nur den Anschein gab, Geld zu haben?

Der Mann trug lässig einen Blouson aus feinstem Calfleder, offenbar „made in Italy". Weil er den Reißverschluß bis zum Hals hochgezogen hatte, konnte man nicht erkennen, was er darunter trug; seine Hose war in einem dunkleren Braunton gehalten. Wenn er nicht von Natur aus so dunkelhäutig war, dann mußte er für seine Sonnenbräune außerhalb der Saison viel Geld ausgegeben haben.

Die beiden waren von gleicher Art. Während ihr Arm und seine Seite durch Zufall – vom Regen zusammengebracht – eng aneinandergedrückt waren, wurden beide sich fast im gleichen Moment des anderen bewußt: daß sie Menschen von der gleichen Art sind. Dabei passierte es Miyako seltsamerweise, daß die Körperwärme der anderen Leute, die ihr in wirrem Haufen an Rücken oder Hüften klebten, aus ihrem Bewußtsein entschwand und nur noch die Hitze vom Körper des Mannes zu ihrer Linken selbst durch seinen Lederblouson hindurch auffallend deutlich zu spüren war. Das glatte Fleisch des männlichen Körpers ohne überflüssiges Fett und sogar seine Knochenschwere darunter teilten sich Miyakos Arm genau mit.

Daß sie bei den anderen Leibern nichts als Unbehagen fühlte, während sie diesen einen Körper plötzlich als so angenehm empfand – wie mochte das kommen? Es schien, als ob ihrer beider Haut sich ineinandersaugen wolle und sogar miteinander verschmölze.

Miyako fühlte sich wie an einem schwindelnden Abgrund, und ihr Körper geriet leicht ins Schwanken. Dabei verbreitete sich ihre Berührungsfläche mit dem Mann beträchtlich. Gerade so, als sei sie ohne ihre Wolljacke und er ohne seinen Lederblouson, ergab sich, daß die beiden, von den anderen unbemerkt, sich auf der Stelle nach einem intimen Zusammensein sehnten.

„Sind Sie verabredet?" fragte er in einem plötzlich vertraulichen Ton, ohne weiter auf die Ohren der Umstehenden Rücksicht zu nehmen.

„Mit Freundinnen. Ein ganz unwichtiges Treffen, um etwas Feines zu essen oder so." Die Floskel „Ein ganz unwichtiges Treffen" überraschte Miyako dann selbst. Sie hatte sie unabsichtlich ausgesprochen – aber konnte sich das nicht für die anderen anhören wie: Für dich kann ich die versetzen! Sie war zutiefst verwirrt.

Aber die um sie herumstehenden Männer und Frauen, die schweigend auf das Aufhören des Regens warteten, rührten sich nicht. Es war auch keiner darunter, der Miyako mokiert anschaute. Bei ihnen hatte sich die Stimmung verbreitet, alles über sich ergehen zu lassen wie geduldige Schafe. Miyako wurde ein bißchen mutiger: „Und Sie?" Damit schaute sie ein zweites Mal schräg zum Gesicht des Mannes auf.

„Etwas Ähnliches." Er verzog den einen Mundwinkel zu einem gezwungenen Lächeln. Ein solches künstliches Lächeln aufzusetzen, war in dieser Situation wirkungsvoll. Er fuhr fort: „Eine Verabredung, mit den Kumpels irgendwo zum Trinken einzukehren. Ganz reizlos. Die abzuhängen, macht mir überhaupt nichts aus."

Der Mann blickte auf den Gehsteig, der jetzt völlig menschenleer war. Die Welle der im Stau fahrenden Autos floß langsam voran und ließ die roten Rücklichter auf dem Asphalt verschwimmen.

Miyako bewegte ihre Hand ein wenig und streifte sein Handgelenk. Beider Blicke trafen sich.

Versetze sie doch! signalisierte ihm Miyako mit den Augen. Denn ich lasse meine Freundinnen auch sitzen!

Obwohl sie keinen Ton von sich gegeben hatten, wandte eine junge Frau vor ihnen – sie sah wie eine Bürodame aus – demonstrativ ihren Kopf, sah Miyako an und musterte danach das Profil des Mannes. Wartend, bis deren Blick abgeschweift war, fragte er seinerseits diesmal mit den Augen:

Abhängen kann ich die, aber was machen wir dann?

Wollen wir nicht irgendwohin gehen, wo wir unsere nassen Kleider ausziehen können? Und während wir die

Kleider trocknen lassen, wünschen wir uns doch beide ein Zusammensein!

Er lachte, und dabei zog er wieder auf einer Seite den Mundwinkel hoch. Aber gern. Die beiden schauten gleichzeitig zum Regenhimmel auf. Der Regen kam schräg herunter wie weißer Gischt.

„Na, ob das wohl mal aufhört?"

„Das kann ich so ziemlich garantieren. Es ist doch ein Platzregen." Bei seinen Worten schaute die ganze Gruppe gleichzeitig zum Himmel.

„Den Herbstregen mag ich nicht", tönte irgendwo die Stimme einer jungen Frau. „Es wird einem irgendwie elend dabei. Man hat das Gefühl, als würde das typische rote Herbstlaub davon ausgebleicht."

„Aber die Straßen sind dann schön", sagte Miyako zu dem Mann. „Es sieht aus, als ob sich die Lichter aus den Gebäuden üppig auf den nassen, schwarzglänzenden Asphalt ergießen."

Jemand mußte niesen. Als sei sie es, die geniest hat, fragte der Mann Miyako unvermittelt:

„Ist Ihnen nicht kalt?"

Es war ein bißchen Wind aufgekommen. In ihren durchnäßten Lederschuhen fror sie immer nur an die Zehenspitzen.

Weil er, sei es aus Freundlichkeit oder mit Hintergedanken, gefragt hatte „Ist Ihnen nicht kalt?", wurde Miyako das mit ihren nassen Zehen erst unangenehm bewußt. Ihre Strümpfe hatten sich ganz voll Regenwasser gesaugt, und bestimmt war die Farbe vom Schuhleder hineingesikkert. Und die weißen Zehenspitzen waren darin schon aufgeweicht und runzlig geworden!

„Deine Füße sind ja kalt wie tote Fische" – dieser Satz, den ihr vor zwei Jahren geschiedener Mann mit vielen anderen von Abscheu triefenden Reden dauernd im Munde geführt hatte, wurde in Miyakos Ohren wieder lebendig.

Solange man sich liebt, sind selbst Pockennarben nur Grübchen, und da hatte er ihr sogar auch diese kalten Zehen liebkost. Daß er die Füße seiner frischgebackenen Ehefrau, die sich nie erwärmten, mit seinen beiden Händen massierte oder zwischen seine Füße klemmte, um sie ihr warm zu machen, das war nur ganz in der Anfangszeit gewesen, aber schon wenig später hatte er eine Abneigung dagegen entwickelt, sie im Bett auch nur leicht anzurühren. Gegen Ende hatte er sie dann mit dem Ausdruck äußersten Mißbehagens – „Deine eisigen Zehen haben mich berührt!" – beiseite getreten.

In solchen Nächten, wenn ihre Zehenspitzen kalt waren, war dann auch ihre Lust völlig versiegt. Miyakos kalte Zehenspitzen waren sozusagen ein Indiz für ihre Scheidung und wurden schließlich als Konsequenz auch zum Grund dafür. Waren es zuerst nur ihre Fußspitzen gewesen, hatte ihr Mann zum Schluß zu ihrer ganzen Person – zu ihrem Körper wie zu ihrer Seele – verächtlich ausspukkend gesagt: „Du bist eine Frau wie ein toter Fisch."

Wie Miyako also bemerkte, waren ihre Fußspitzen durch den Regen fast gefühllos geworden. Und in dem Moment, als sie sich dessen bewußt wurde, begann ihr plötzlich die Körperwärme des unbekannten Mannes, der sich jetzt an ihrer linken Seite dicht an sie preßte, auf die Nerven zu gehen.

Als er Miyakos verdrießliche Miene sah, zog der Mann mühsam seinen Blouson aus und legte ihn ihr mit einer unbeholfenen Geste über die Schultern.

„Es ist ja doch kalt. Ihr Gesicht ist ein bißchen blaß", flüsterte er in einem nur eine Spur zu vertraulichen Ton.

Als sie zufällig hinschaute, hatte Miyako etwa zehn Zentimeter vor ihren Augen seinen Adamsapfel. Sie hatte nie Gelegenheit gehabt, einen sogenannten Adamsapfel aus solcher Nähe genau zu betrachten. Ein Hals wie bei einem abgemagerten Hahn, dachte sie, und der geheime

sinnliche Rausch, den sie bis eben empfunden hatte, entschwand ihr wie etwas Unwirkliches. Statt ihre Augen ab-
zuwenden, starrte sie wie gebannt auf den hervorsprin-
genden Adamsapfel des Mannes. Ein wirklich häßliches
Ding ist das, dachte sie mit gerunzelten Brauen. Bei jedem
Schlucken des Mannes geht es groß rauf und runter.

Der in der Kehle auf und ab hüpfende Adamsapfel
wirkte in Miyakos Augen schier unerträglich grotesk.
Unbewußt zog sie ihren Körper zurück und schuf zwischen sich und dem Mann einen kaum wahrnehmbaren
Abstand. Er lächelte ausdruckslos.

Dieses Lächeln empfand sie schon nicht mehr als sym-
pathische Kühnheit, sondern er kam ihr damit vulgär
und armselig vor.

Unter seinem Lederblouson trug er eine braune An-
zugjacke. Seine verwaschen wirkende Streifen-Krawatte,
die vom Kragen des einfachen weißen Oberhemdes her-
unterhing, hatte im unteren Teil irgendeine Verfärbung.
Er war nicht länger der interessant wirkende Mann von
unergründlichem Wesen und undefinierbarem Alter,
sondern nachdem er seinen Blouson ausgezogen hatte,
war er nur noch einer von den gewöhnlichen unvitalen
Männern, wie es sie überall gibt. Auch die dunkle Haut-
tönung, die so kühn wirkte, schien nur noch dünner
Schmutz zu sein.

„Die Bar von Ihrer Verabredung, wo ist die denn?"
fragte Miyako schließlich in desinteressiertem Ton, während sie endlich ihren Blick von dem Adamsapfel vor ihr
losriß.

„Die Karaoke-Bar im Tiefgeschoß ein Stückchen weiter vorne."

„Sie mögen Karaoke-Musik?" Miyakos Ton wurde immer kühler.

„Ist doch gut, oder?" lachte er.

„Was singen Sie denn zu Karaoke?" Ohne Anteil-

138

nahme setzte sie noch eine Frage hinzu, während sie mit einem Seitenblick wahrnahm, daß der Regenfall deutlich nachzulassen begann.

„Was mir gefällt . . ." Sein Ton bekam plötzlich, vielleicht aus Versehen, einen anbiedernden Klang, als er den Namen einer Enka-Sängerin nannte. „Und Sie?"

„Ich?" sagte Miyako, während sie seinen Lederblouson von ihren Schultern abnahm.

„Ich habe gar kein Interesse. Weder für Enka noch für Karaoke." Noch für den Mann, der offenbar zu Karaoke-Musik die Enka-Lieder mitsingt.

„Ich will Sie nicht unbedingt dahin einladen." Als wollte er sagen „Statt dessen . . .", preßte er noch einmal seinen Oberschenkel an Miyako.

„Der Regen hat aufgehört, scheint es."

Wie auseinanderrennende Ameisen liefen die Leute unter dem Vordach der Buchhandlung hervor nach allen Himmelsrichtungen.

„Es kommt, wie ich sagte!" Triumphierend reckte er seine Nase.

Miyako gab ihm seinen Blouson wieder in die Hand.

Bestürzt fing er ihren Blick auf, und indem er die eine Braue weit hochzog, forschte er mit den Augen: Was ist denn? Gehen wir etwa nicht wohin, wo wir die Kleider ausziehen können?

„Das lassen wir", platzte Miyako laut heraus.

„Wieso, ganz dumm", zuckte er mit den Schultern. Es war eine triste Geste.

„Eben war doch ein Anreiz von Ihnen ausgegangen. Nachdem Sie einem Lust gemacht haben . . ."

„Meine Stimmung hat sich eben geändert."

Zwei Angestellte der Buchhandlung hatten sich an das Unterfangen gemacht, die nasse Plastikfolie mit größter Vorsicht von den Zeitschriften abzunehmen.

„Warum denn. Wo ich doch dachte, wir könnten unseren Spaß haben", sagte der Mann, der es noch immer nicht aufgegeben hatte.

Es kam daher, daß er ein ganz durchschnittlicher Mann war, wie es sie überall gibt – aber das konnte sie ihm doch auf keinen Fall sagen. Schon aus diesem einen Grund wurde nichts aus der Sache. Außerdem wäre auch zu fragen, wie es mit Miyako selber stand? War sie denn nicht eine Frau, die wegen Kälteempfindlichkeit von ihrem Mann geschieden worden war?

„Alles nur durch den Regen." Miyako lächelte gezwungen. Bei all den Leuten strömte, als sie im Regen naß wurden, von ihren Körpern ein unangenehmer Geruch aus, nur bei dir allein war das nicht so. Als alle völlig durchnäßt waren, hatte ich nur bei dir das Gefühl, du seist wie aus dem Reinigungsladen gekommen. Und deine Körperwärme war mir angenehm.

„Dank dem Regen haben wir uns in dieser Weise kennengelernt, deshalb . . .", beharrte er noch, während er in die Ärmel seines Lederblousons fuhr.

Aber auch ich bin ja nicht anders als jene, die beim Regen einen animalischen Geruch von sich geben, und daß meine Zehen klitschnaß sind, ist auch erbärmlich. Bei einer Frau, deren Strümpfe von der Lederfarbe schwärzlich verfärbt sind, wenn sie im Hotel ihre Schuhe auszieht, würde ich, wenn ich ein Mann wäre, auch gleich die Lust verlieren. Allerdings so etwas auszusprechen und zu erklären, hatte auch keinen Sinn.

Wenn ich in die Haut eines anderen Menschen schlüpfen könnte und auch der Partner einen anderen Menschen von unbekannter Identität darstellen könnte, dann ginge es; aber mit einem Mann, der am Kragen seines Anzugs das Firmenabzeichen trägt, und einer Frau mit nassen Zehenspitzen in den Strümpfen ist das viel zu unromantisch. Als der Regen aufhörte, hatte sich auch die Verzauberung gelöst – daran lag es.

„Ich mache nun doch das Essen mit den Freundinnen",
nickte Miyako dem Mann zu.

„Ich bin also abgewiesen", sagte er in leicht gekränktem
Ton. „Na ja, schon gut."

„Nächstes Mal, wenn es wieder Sturzregen gibt", lächelte Miyako. „Aber wenn Sie den Gentleman spielen
und diesen Blouson ausziehen, wird doch nichts daraus."

Während er sich mächtig wunderte, was das wohl heißen solle, ging Miyako davon.

Als sie an der Kreuzung auf die Ampel wartete, dachte
sie über das Abenteuer nach, das sie vielleicht hätte haben
können. Er hätte sich „dabei" vielleicht gut angestellt. Und
meine beiden eiskalten Füße hätte er mir vielleicht die
ganze Nacht lang gewärmt. Bei diesem Gedanken
schmerzte es sie, als sei ihr der Brustkorb zugeschnürt.

Bei dem üblen Nachgeschmack eines einmaligen Aben-
teuers hat man auch ein Gefühl von Verlassenheit, aber
was sie sich jetzt schließlich hatte entgehen lassen, das
hätte unter Umständen vielleicht etwas besonders Schönes
sein können – so fühlte sie hinterher ein Bedauern, und
das war auch bitter.

Als die Ampel an der Kreuzung grün wurde, wandte
sich Miyako in dem Moment zurück. Da war der Betref-
fende noch immer unter dem Buchhandlungsvordach
stehengeblieben. Er schickte sich an, aus seiner Brusttasche eine Zigarette herauszuziehen, und bemerkte Miyakos Blick nicht. Er stellte den Kragen seines Lederblousons leicht hoch und zündete sich ein Streichholz an.
Den Blick daran geheftet, hielt er seinen Körper schräg,
um dem Wind auszuweichen. Das Streichholzfeuer
brachte das dunkle, feste Profil des Mannes beleuchtet
heraus.

Als er plötzlich die Augen hob, fing er Miyakos Blick
auf. In dem Augenblick breitete sich sein übliches, etwas
schiefes Lächeln aus.

„Ciao!" – damit hob er die Hand vor seiner Brust.

Auch Miyako hielt ihre Hand hoch und lief diesmal aber wirklich los. Anstatt öde Tristesse auszukosten, war es da nicht besser, sich vorzustellen, daß er unter Umständen vielleicht gewesen sein könnte wie Humphrey Bogart in seiner Jugendzeit, dachte Miyako, und ihr Schritt wurde immer beschwingter.

Nachwort

M. Y. –
Liebesaffären und Bettgeschichten

Die bekannte japanische Bestseller-Autorin Mori Yōko, die am 6. Juli 1993 im Alter von nur 52 Jahren einem Krebsleiden erlag, war unter dem bürgerlichen Namen Itō Masayo am 4. November 1940 in Itō auf Izu, Präfektur Shizuoka, als ältestes von drei Kindern zur Welt gekommen. Der Vater war ein Geschäftsmann, hatte seinerseits in seiner Jugend auch schriftstellerische Ambitionen gehabt. Die Familie zog bald nach Tokio und wohnte später im Stadtteil Setagaya. Hier lebte Mori Yōko auch nach ihrer Heirat und bis zu ihrem frühen Tod.

Im Alter von sechs Jahren, also ein Jahr nach Kriegsende, begann Itō Masayo – zugleich mit der Einschulung – Geigenunterricht zu nehmen, und bald beherrschte sie die Geige so gut, daß man sie das „Genie-Mädchen von Setagaya" nannte. Nach ihrem Schulabschluß studierte sie deshalb Instrumentalmusik, Geige, an der Tokioter Kunstakademie. Mori Yōko schildert sich selbst als lebenshungrige Studentin, die in Cafés mit Kommilitonen diskutierend die Nächte durchbrachte und das Geigenspiel vernachlässigte, zum großen Ärger ihres Vaters, der sie deshalb beinahe verstoßen hätte. Während ihres vierjährigen Musikstudiums mußte sie feststellen, daß ihre Mitstudenten, eine Elite aus ganz Japan, die oftmals aus Musikerfamilien stammten und schon mit zwei oder drei Jahren zu musizieren begonnen hatten, ihr überlegen wa-

ren und sie selbst sich keine Chance auf eine Solistenlauf-
bahn versprechen konnte, sondern, wie sie sagt, „sich im
Orchester hätte begraben müssen". Darum kam sie in
einem schmerzlichen inneren Prozeß zu dem Entschluß,
das Geigenspiel als Berufsziel aufzugeben.

Sie vertauschte die Welt der Töne mit dem Reich der
Worte und trat 1961 in eine Agentur für Fernsehwerbung
ein, wo sie knapp drei Jahre tätig war. Hier hatte sie Erfolg,
gewann beispielsweise einen Preis bei einem Commercial-
film-Wettbewerb, fühlte sich aber unterfordert und in der
Entfaltung ihrer eigenen Fähigkeiten gehemmt. Mit 24
Jahren, 1964, heiratete sie den in Japan lebenden jungen
Engländer Ivan Brackin. Sie gebar ihm die drei Töchter
Heather, Maria und Naomi (heute 27 bis 22 Jahre alt) und
führte das Leben einer typisch japanischen Hausfrau und
Mutter. Erst als ihre Kinder größer waren, begann sie –
nach ihren eigenen Angaben im Alter von 35 Jahren – zu
schreiben.

Sie entschloß sich, die Schriftstellerei berufsmäßig zu
betreiben, und wählte sich den Künstlernamen Mori Yōko
nach dem Namen der von ihr sehr verehrten, bekannten
Geigenvirtuosin Hayashi Yōko, indem sie deren aus zwei
Baumsymbolen bestehendes Familiennamen-Schriftzei-
chen (*Hayashi* mit der Bedeutung „Hain") um ein drittes
Baumsymbol (zu *Mori* mit der Bedeutung „Wald") erwei-
terte. Dieses schlichte Pseudonym mag an Publikums-
wirksamkeit gewonnen haben durch die sicherlich nicht
unbeabsichtigte Klangähnlichkeit mit dem Namen des bekannten Schriftstellers Mori Ōgai (1862–1922), eines der
Gründerväter der modernen japanischen Literatur.

1978 erschien Mori Yōkos Debütwerk, der hier erstmals
in deutscher Übersetzung vorgelegte Kurzroman „Sommerliebe". Der japanische Titel *Jōji* bedeutet wörtlich
„Eine Liebesaffäre"; unseren Vorschlag, dafür den deutschen Titel „Sommerliebe" zu wählen, konnte ich noch

mit Mori Yōko besprechen. Sie begrüßte ihn lebhaft und fand den neuen Titel sogar romantischer und dem Inhalt noch besser entsprechend. Der für damalige Verhältnisse sehr freizügige Roman, der zum Beispiel im Ansprechen des in Japan noch heute weitgehend tabuisierten Themas der Homosexualität von provokativer Offenheit war und mit seiner Schilderung von Intimerlebnissen, beispielsweise einer Sexszene unter freiem Himmel, bei hellem Sonnenschein, von aufreizender Kühnheit war, stieß bei seinem Erscheinen besonders beim weiblichen Lesepublikum auf begeisterte Aufnahme. In der Freizügigkeit des Romans spiegeln sich Einflüsse einer weltweiten Welle sexueller Liberalisierung, die, sicherlich initiiert von den internationalen Aufbruchsbewegungen Ende der sechziger Jahre, Amerika und Europa überrollte, die Mitte der siebziger Jahre auch nach Japan gelangte und die ihren Niederschlag natürlich auch in den Medien und in der Literatur fand.

Der Roman „Sommerliebe" ist weitgehend autobiographisch. Zwar finden wir gewisse vereinfachende oder distanzierende Verschiebungen: Die Ich-Erzählerin Yōko hat nicht – wie die Autorin – drei Töchter, sondern nur eine elfjährige Tochter, sie war früher nicht Geigerin, sondern Cellistin, und ihr Ehemann heißt nicht Brackin, sondern McBright, was man auch als McBride transkribieren kann (beide Schreibungen wohl mit Hintersinn zu verstehen), u. a. Doch diese geringen Abweichungen des Werks von der Wirklichkeit beeinträchtigen nicht seinen vom japanischen Publikum so geschätzten Bekenntnischarakter und seine Wahrhaftigkeit – die Kennzeichen der wohl beliebtesten und am häufigsten vertretenen Gattung moderner japanischer Literatur, des Ich-Romans (*shishōsetsu*). Bei seinem Erscheinen errang das Werk auch die Beachtung der Kritiker: Es wurde sogleich mit dem Subaru-Literaturpreis, und zwar mit der zweiten Ausgabe dieses vom Verlag Shūeisha geschaffenen Preises, ausgezeichnet. Der Roman ist in Japan bis heute ein erfolgreicher Best- und Longseller geblieben, der inzwischen über 40 Auflagen erreicht hat.

Mori Yōkos zweites Werk „Verführung" (*Yūwaku*, 1980) sowie ihr fünftes Werk „Verletzung" (*Kizu*, 1981) wurden für den wohl renommiertesten japanischen Literaturpreis, den Akutagawa-Preis, und ihr achter Roman „Heißer Wind" (*Atsui kaze*, 1982) für den Naoki-Literaturpreis nominiert.

1983 unterzog sich Mori Yōko zu Studienzwecken einer halbjährigen psychoanalytischen Behandlung und verarbeitete die dabei erworbenen Erkenntnisse in mehreren Werken, zuerst in dem ebenfalls weitgehend autobiographischen, das allnächtliche Erleben eines Ehepaares schildernden Roman „Jede Nacht Wiege, Boot oder Kampfplatz" (*Yogoto no yurikago, fune aruiwa senjō*, 1983), später in „Das schreiende Ich" (*Sakebu watashi*, 1988) und anderen Werken.

Bis zu ihrem frühen Tod verfaßte Mori Yōko die fast unglaubliche Menge von über 90 Büchern: zumeist Romane, aber auch Kurzgeschichten- und Essay-Sammlungen, darunter viele Best- und Longseller, die über 20 bis 40 Auflagen erreichten. Seit 1990 die größte japanische Tageszeitung Asahi-shinbun von Mori Yōko die Kurzgeschichtenserie „Das Dessert bist Du" abdruckte (*Dezāto wa anata*, die damals auf enthusiastische Resonanz stieß und dann bis zum Frühjahr 1994 als Serie im japanischen Fernsehen lief) und seit dieselbe Zeitung während des Jahres 1991 ihr eine *tägliche* feste Spalte für eine immer neue Short-short-story von etwa 1000 Schriftzeichen einräumte, war Mori Yōko in ganz Japan bekannt. Sie war eine auch in Funk und Fernsehen häufig präsente, prominente Persönlichkeit des öffentlichen Lebens geworden, um die sich ein Starkult rankte, indem zum Beispiel namhafte Illustrierte groß aufgemachte Bildbeiträge über sie brachten oder indem in Kaufhäusern (wie im Kaufhaus Takashimaya in einer extra abgeteilten, geräumigen „Mori-Yōko-Corner") Geschenkartikel unter ihrem Namen verkauft wurden. Noch zu Weihnachten 1994 brachte ein japanischer Fernsehsender eine ausführliche Gedächtnissendung über die beliebte Autorin.

Eine von Mori Yōkos letzten Arbeiten war 1992 die Übersetzung des weltberühmten amerikanischen Romans „Scarlett" von Alexandra Ripley (des Nachfolgeromans zu „Vom Winde verweht" von Margret Mitchell), den sie noch auf einer anstrengenden Promotionstour durch Japan bekannt machte. Und genau eine Woche vor Mori Yōkos Tod erschien am 30. Juni 1993 ihr zusammen mit dem Architekten Horiike Hideto erarbeitetes Buch „Übersetzungsführer zur Männer- und Frauensprache" *(Otoko-go onna-go honyaku-shinan)*, wo in 24 Kapiteln jeweils von Mori Yōko die Sicht der Frau und von Horiike die des Mannes präsentiert wird. Mori Yōko widmete ihren Lesern auch ein anrührendes Abschiedswerk, den im Mai 1993 erschienenen und seitdem schon mehrmals neu aufgelegten Band „Ästhetik des Endes" *(Owari no bigaku*, mit dem französischen Beititel *L'esthétique de l'adieu)*, der 48 autobiographische Skizzen enthält.

Nach Mori Yōkos Tod gab der Verlag Shūeisha eine noch von der Autorin selbst zusammengestellte Werkesammlung heraus; daneben erscheinen bei den verschiedensten Verlagen weiterhin laufend Neuauflagen von einzelnen ihrer Werke, so zum Beispiel noch 1993 der von 1985 stammende Band „Wie aus Rache will ich lieben" *(Fukushū no yō na ai ga shite mitai)*, der in 25 Einzelskizzen ihre persönlichen Erfahrungen zum Thema Liebe festhält.

Mori Yōko konnte in einer relativ kurzen Schaffenszeit von knapp zwei Jahrzehnten ein so umfangreiches Œuvre hervorbringen, weil sie sehr leicht und schnell schrieb. In geradezu übersprudelnder schriftstellerischer Potenz, aber auch mit ungeheurem Leistungswillen, zähem Fleiß und eiserner Disziplin verfaßte sie im Durchschnitt jährlich mehr als fünf Bücher. Daneben absolvierte sie, wie es die geschäftstüchtigen Promotionsmethoden japanischer Verlage von erfolgreichen Autoren verlangen, ein hartes Pensum an Auftritten in der Öffentlichkeit. Zahlreiche Auslandsreisen brachten der sehr aktiven, vitalen und dynamischen Autorin zwar neue kreative Impulse, aber wohl wenig Erholung.

Nach ihrem frühen Krebstod trauerte eine viele Millionen zählende Leser- und Fangemeinde um die Autorin, die auch deshalb so beliebt war, weil sie eine sehr warmherzige und charmante Frau war. Sie war zugleich eine elegante Dame von Welt und eine Persönlichkeit von natürlicher Ausstrahlung, die auf Starallüren verzichten konnte.

Trotz Mori Yōkos hoher Schreibgeschwindigkeit beweist eine Reihe von stilistischen und inhaltlichen Kriterien ihr gutes literarisches Niveau anspruchsvoller Belletristik. Mori Yōkos Sprache ist leicht lesbar, natürlich und volkstümlich, dabei von umfangreichem Wortschatz und bemerkenswertem Nuancenreichtum. Ihre spontane, oft schlagfertige und witzige Alltagssprache enthält besonders viel direkte Rede, und oft ist der Dialog sogar vorherrschend und übernimmt große Teile der Handlungsführung. Gerade entscheidende Entwicklungs- und Wendepunkte der Handlung, der Spannungshöhepunkt oder der überraschende Schlußeffekt werden gern in Dialogform gegeben. Und diese Dialoge sind lebensecht und oft meisterhaft bis virtuos gestaltet.

Mori Yōkos zügiges Erzähltempo wird von ihren japanischen Verlegern in Klappentexten gern lobend als „speedy " charakterisiert. Ihr schnell fortschreitendes lineares Erzählen erhält jedoch Mehrschichtigkeit und Dichte durch Strukturierungen wie Wechsel der Zeitebenen (durch Rückblenden und Vorausgriffe) und Wechsel der Bezugsebenen (durch Verlagerung des Erzählerstandpunktes oder der Sichtweise). Mit Straffung der Handlung und Beschränkung auf deren wichtige Entwicklungs- und Wendepunkte wird dem Leser auf knappem Raum viel Leseerlebnis geboten. Mori Yōko präsentiert eine Vielfalt an Themen und Konzeptionen, Problemkonstellationen und Lösungsansätzen. Bei aller Verknappung und Beschränkung auf das Wesentliche sind aber auch poetische Stimmungsbilder ebenso wie diskutierende Stellungnahmen zu gesellschaftlichen oder künstlerischen Themen eingeflochten.

Eine vom Lesepublikum besonders geschätzte Spezialität Mori Yōkos sind – besonders bei den Kurzgeschichten – ihre unerwarteten, manchmal verblüffenden Schlußwendungen. Oft liegen diese in einer effektvollen Pointe. Aber häufig bedient sich die Autorin dabei auch noch der Technik des offenen Schlusses, so daß die eigentliche Pointe unausgesprochen bleibt und der Leser die eigene Imaginationskraft und damit sich selbst einbringen kann. In den meisten Fällen wird der Leser den von der Autorin angedeuteten oder intendierten Schluß finden, oder er wird, was ebenso den Absichten der Autorin entsprechen kann, im Erwägen mehrerer Schlußmöglichkeiten die angesprochene Problematik intensiver durchdenken und von der selbst erarbeiteten Lösung nachhaltiger profitieren.

Mori Yōkos Grundthematik ist die Liebe – Erleben und Leiden in dem existentiell wichtigen Bereich der zwischengeschlechtlichen Beziehungen. Fast immer aus der Sicht einer weiblichen, oft mehr oder weniger stark autobiographisch bestimmten Hauptperson gesehen, geht es um das Anknüpfen oder Auflösen einer Liebesbeziehung oder um das Spiegeln und kritische Hinterfragen einer bestehenden, aber möglicherweise zu verändernden ehelichen oder außerehelichen Partnerschaft oder um eine emotionale Grenzsituation vor oder nach einem Lebensumbruch in der Partnerschaft.

Daß sich die Autorin dabei bevorzugt den Veränderungen der Beziehungen zuwendet, dem Beginnen und – nach

wichtigen Weiterentwicklungspunkten – dem Zuendege-
hen, also dem Aufkeimen, Wachsen, Welken und Abster-
ben, ist eine sehr japanische Sichtweise. Denn die japanische Mentalität, die den buddhistischen Grundsatz der
allem Sein zugrundeliegenden Unbeständigkeit und Ver-
gänglichkeit adaptiert hat, nimmt Entwicklungswege und
Wandlungsprozesse auch in der Natur und anderen Berei-
chen wichtiger als die erreichten Zustände, im Gegensatz
zur abendländischen Mentalität, die Ziel und Zenit, Reife
und Größe, Dauerhaftigkeit und Gültigkeit sucht.

Mori Yōko legt besonderes Gewicht auf die Gestaltung
von Übergängen und Wendepunkten (übrigens auch bei al-
tersmäßigen Lebensphasen und bei Jahreszeiten). Denn bei
Umbrüchen und Wendungen im zwischenmenschlichen
Bereich, beim Knüpfen einer Beziehung ebenso wie bei
ihrer Beendigung (die ja auch ein Neuanfang ist, entweder
einer anderen Bindung oder einer bindungsfreien Phase),
spielen sich meist stärkere emotionale Bewegungen ab und
werden tiefere psychische Schichten berührt als im späteren geregelten Verlauf oder im erreichten Zustand.

Diese Thematik aus dem wichtigen und für viele domi-
nanten Lebensbereich, der mit dem vagen Sammelbegriff
„Liebe" umschrieben wird, ist für eine breite Leserschaft
von vitalem Interesse. Obwohl Mori Yōko durchaus auch
von einer männlichen Fangemeinde gelesen wird, wendet
sich die Autorin dezidiert an eine weibliche Leserschaft und
spricht dabei nicht nur die ihr selbst entsprechenden reife-
ren Frauen über Dreißig, sondern auch die jüngeren Leserinnen an.

Mori Yōko hat ein starkes gesellschaftliches Anliegen:
ihren leisen und unaufdringlichen, aber unüberhörbaren
Feminismus. Die Autorin, die sich über das bestehende,
noch immer die Männer privilegierende Gesellschaftssy-
stem empörte, weil, wie sie meinte, darin die benachteiligte
und in ihrer Entfaltung gehemmte Frau „verkommt und

sich von ihrem eigentlichen Selbst entfremdet", will ihre Leserinnen zu mehr weiblichem Selbstbewußtsein und aktiverer Lebensgestaltung ermutigen.

Mori Yōkos Bücher sind Frauenliteratur in jeder Hinsicht: Sie sind von einer Frau geschrieben und für Frauen geschrieben, und sie haben die Darstellung und Problematisierung von spezifisch weiblichem Lebenszusammenhang zum Inhalt. Dabei repräsentieren sie in ihrer Mehrheit ein fast avantgardistisches Lebensgefühl der modernen japanischen Frau. In einer der heutigen gesellschaftlichen Realität vorausgreifenden, beispielhaften Selbstsicherheit legen manche ihrer Protagonistinnen die herkömmliche Unterordnungsbereitschaft, Zurückhaltung und Passivität ab. Sie machen sich ihre seelischen Nöte bewußt und lernen, sie zu beherrschen und sich von ihnen zu befreien.

Abgesehen von der avantgardistischen Färbung, zeigen Mori Yōkos Werke eine wirklichkeitsnahe Abbildung des japanischen Alltagslebens. Auf die in der japanischen Gegenwartsliteratur, gerade in der anspruchsvollen sogenannten Hochliteratur, sonst so gern praktizierte Darstellung von Sensationen – wie Verbrechen und Katastrophen, Abnormitäten und Brutalitäten – kann sie verzichten, ohne an Spannung zu verlieren. Während nur allzu viele ihrer Schriftstellerkollegen das Thema Tod – sei es als Mord, Selbstmord, Unfall oder Dahinsiechen – bemühen, um durch die Dimension des Tragischen ihrem Werk Tiefe zu verleihen, ist Mori Yōkos Stoff das Leben, das von den schillernden und verstrickenden Fäden der Sinnlichkeit durchwebt und dabei von den oftmals zwängenden Bändern materieller Interessen und sozialer Ambitionen durchzogen ist.

Mori Yōko beschreibt banale Alltagsereignisse und typische Lebenssituationen, in die jeder ihrer Leser sich hineinversetzen kann und von denen er sich betroffen fühlt. Was die Schilderung des Normalen und Alltäglichen bedeutsam und spannend macht, ist die psychologische Durchdringung und Stimmigkeit.

Der Autorin, die ein betontes und durch Studien vertieftes Interesse an Psychologie hatte, gelingt die Darstellung inneren Erlebens und die Gestaltung psychischer Zustände und Prozesse. Zum Beispiel ihr bekannter Roman „Doppelkonzert" (*Double Concerto*, 1987) verfolgt das Prinzip, die Erlebnisse der Protagonisten einmal aus dem Blickwinkel des Mannes und einmal aus der ganz anderen Sicht der Frau zu schildern. Oder ihr mit über zwanzig Auflagen sehr erfolgreicher Roman „Eifersucht" (*Shitto*, 1984) gestaltet das Aufbegehren und die seelischen Verwirrungen einer betrogenen Frau und den Verzicht auf ihre sich als unrealistisch und unerfüllbar erweisenden Lebenswünsche. Oder in der Erzählung „Anruf um Mitternacht" (*Mayonaka no denwa*, 1986) führt Mori Yōko vor, wie Mißtrauen menschliche Beziehungen belasten und zerstören kann. Auch die in der japanischen Erziehung so wichtigen Gefühle der Peinlichkeit und Scham, oder die generelle Frage der Zulässigkeit und der seelischen Funktion von Gefühlsäußerungen sowie weitere vielfältige psychologische Probleme werden thematisiert.

Dabei ist die gesellschaftliche Schicht, die Mori Yōko porträtiert, diejenige, der sie selbst entstammt – nämlich der heute meist wohlhabende, breite japanische Mittelstand – und speziell der Teil davon, der inmitten der prikkelnden Großstadtatmosphäre von Tokio lebt. Dieser Schicht, bei der es als modern und mondän gilt, sich Züge westlicher Lebensart anzueignen, konnte Mori Yōko als Wegweiser dienen. Sie hatte nicht nur ausgezeichnete englische Sprachkenntnisse, sondern durch den Freundeskreis ihres britischen Ehemannes auch Insider-Einblicke in die europäisch-amerikanische Mentalität. Mori Yōkos Japanisch ist daher mit überdurchschnittlich vielen englischen und teilweise auch französischen Fremdwörtern durchsetzt. Ein Blick auf die Gesamtliste ihrer Werke zeigt, daß über ein Drittel ihrer Buchtitel englische Wörter enthält oder gänzlich fremdsprachig ist, wie: *Private Time, Family Report, My Collection, Love Story, Hotel Story, Diamond Story, Handsome Girls, Midnight Call, Roppongi-Side by Night, Island, Earring, Scramble, Café Oriental* und andere. In ihren Texten setzt Mori Yōko englische Wörter als Stilmittel gezielt dort ein, wo sie westlich freie – oder freche – Denkart charakterisieren will. Sie propagiert westlichen Lebensstil nicht nur durch Schilderung von westlichem Ambiente und Outfit mit entsprechenden Markennamen und Labels, durch detaillierte Beschreibung westlicher Speisen und durch Präsentation westlicher High-Society-Idole und Filmstars, sondern sie erweist sich auch als charmante Vorkämpferin für westliche Ideale wie mehr persönliche Freiheit und Ungezwungenheit, mehr Individualismus und Eigenverantwortlichkeit, vor allem aber eine gleichberechtigte und gleichgewichtige Partnerschaft zwischen Mann und Frau. Auch ihre literarischen Vorbilder sah Mori Yōko in Schriftstellerinnen der westlichen Literatur: Sie nannte Simone de Beauvoir, Marguerite Duras und Françoise Sagan, von der sie besonders „Bonjour tristesse" liebte.

Diese dem Westen so zugeneigte Autorin ist erst in den letzten Jahren in Europa bekanntgeworden. Zwei Romane Mori Yōkos, nämlich „Doppelkonzert" und „Die vertikale Stadt" (*Suichoku no machi*, 1990), liegen in der englischen Übersetzung des Kanadiers John Munroe vor, und weitere Übersetzungen ins Englische sind in Vorbereitung. Der japanische Literaturwissenschaftler Ueda Makoto publizierte in seinem 1986 herausgegebenen Sammelband „The Mother of Dreams" zwei ins Englische übersetzte Kurzgeschichten Mori Yōkos aus deren im gleichen Jahr erschienenen Band „Liebesgeschichten" (wörtlich „Bettgeschichten", *Beddo no otogibanashi*).

Dieser Band, eine Sammlung von 34 in sich abgeschlossenen Kurzgeschichten, ist einer der erfolgreichsten Longseller Mori Yōkos, er wurde sowohl in Hardcover- als auch in Taschenbuchausgaben immer wieder neu aufgelegt, und er erhielt auch – wohl als einziges Werk der Autorin – einen Fortsetzungsband, der mit dem gleichen Titel und dem Zusatz *Part II* 1989 erschien und seinerseits 40 noch etwas kürzere Einzelerzählungen enthält. Die Thematik kreist zwar um das Knüpfen oder Lösen erotischer Beziehungen, aber es werden keinerlei sexuelle Handlungen geschildert, daher wählten wir, um beim deutschen Leser nicht mit dem Ausdruck „Bett" falsche Erwartungen zu wecken, die Übersetzung „Liebesgeschichten". Aus dieser Sammlung (Teil I) habe ich bereits 1991 im Rahmen meiner Magisterarbeit drei repräsentative Erzählungen übersetzt, die hier erstmals auf deutsch vorgelegt werden, nämlich „Bloody Mary" (*Buradī merī*, Erzählung Nr. 3), „Die Freundinnen" (*Onna-tomodachi*, Nr. 6) und „Sturzregen" (*Niwaka-ame*, Nr. 1). Dabei besteht die erste Erzählung fast ganz aus Dialog, während die letzte fast gar keinen Dialog enthält und die mittlere einen Mischtyp aus diesen beiden Stilformen darstellt. Auch inhaltlich schneiden die ausgewählten drei Kurzgeschichten sehr unterschiedliche Themen an.

Die Erzählung „Bloody Mary" glossiert die in den Medien Japans zwar gern als unmodern diskreditierte, aber noch immer florierende Einrichtung der Heiratsvermittlung *(miai)*. In Japan gilt die Heirat ja nach wie vor als Ideal und zugleich als ein gesellschaftliches Muß, wenn auch das von der öffentlichen Meinung fixierte Heiratsalter, das früher bei 25 Jahren für die Frau und 28 Jahren für den Mann lag, sich beträchtlich nach oben verschoben hat. Mit dem stillschweigenden Einverständnis der Gesellschaft darf heute auch die Frau von sich aus und mit Einsatz aller weiblichen Mittel auf die Suche nach einem Ehepartner gehen. Bleibt dies aber erfolglos, wenden sich nicht nur junge Frauen, sondern jetzt auch verstärkt die heiratswilligen Männer an die althergebrachte Ehevermittlung, die von rationalem Kalkül und ökonomischen Erwägungen bestimmt ist und zu der in perfektionierter Geschäftsroutine meist Unterlagen wie Fotos und Lebenslauf, Zeugnisse und Atteste beigegeben, Leumundsumfragen eingeholt und Privatdetektive engagiert werden. Mit überlegener Ironie enttarnt Mori Yōko die Täuschungsmanöver beim Treffen der Heiratskandidaten, aber sie bestätigt auch den auf der Lebenserfahrung der Vermittler beruhenden Dauererfolg dieser Institution, denn in der Erzählung führt die Vermittlerin zwei Menschen zusammen, die sich kurz vorher bereits von sich aus gefunden haben, weil sie eben wirklich zueinander passen. Dabei ist der Titel der Kurzgeschichte doppelsinnig: Der Name des Bargetränks, bei dem die beiden späteren Partner sich kennenlernen und näherkommen, ist, wörtlich verstanden, ein Hinweis auf die „blutige" Bloßstellung der Protagonistin vor ihrem zukünftigen Ehemann.

Die Erzählung „Die Freundinnen" enthüllt den Wendepunkt, an dem die ursprünglich gemeinsamen Lebenswege der Studienfreundinnen auseinanderliefen, ganz anders, als nach Wesen und äußerer Erscheinung der Mädchen zu erwarten gewesen wäre, und sie läßt die früher überlegene und heute sich unterlegen fühlende Protagonistin zur bitteren Einsicht ihres entscheidenden Verhaltensfehlers gelangen. Für den westlichen Leser interessant ist die dabei zutage tretende Mentalität, die den materiellen Interessen selbstverständliche Priorität einräumt, indem die Protagonistin dem früher in seiner ganzen Persönlichkeit entschieden und fast verächtlich abgelehnten Bewerber jetzt, als sie von seinem Reichtum erfährt – der seiner Frau ein Leben in Luxus und mit Liebhabern erlaubt – mit schmerzlicher Reue nachtrauert.

In der Erzählung „Sturzregen" beschreibt Mori Yōko die starken Anziehungskräfte zwischen Mann und Frau, die die Ausgangsbasis für die spontane Verführung zu einem erotischen Abenteuer bilden können. Zur Verstärkung dieser geheimnisvollen Kräfte tragen außergewöhnliche atmosphärische und körperliche Umstände bei: ein die Kleidung bis auf die Haut durchnässender Wolkenbruch (mit atembeklemmend hoher Luftfeuchtigkeit, begleitet von einem Gefühl des Ausgeliefertseins vor der Urkraft der Naturelemente) und das von animalischen Gerüchen bedrängte, enge Zusammenstehen vieler Menschen, die unter einem schmalen Ladenvordach vor dem Regen Schutz suchen. Die Erzählung schildert nur das innere Erleben der Protagonistin: Während sie, in die Menge eingekeilt, fast regungslos verharrt und auf das Aufhören des Regens wartet, steigen erotische Wünsche in ihr auf und werden von gleichartigen Gedanken eines an sie gepreßten Fremden duellhaft geschürt, verlieren aber letztlich durch die bittere Erinnerung an ihre gescheiterte Ehe den verführerischen Impuls zur Umsetzung in die Tat.

Die Kurzgeschichten zeigen, ebenso wie der hier vorgelegte Roman-Erstling, die für Mori Yōkos gesamtes Œuvre typischen Charakteristika einer thematisch interessanten, gekonnt geschriebenen und vergnüglich zu lesenden Belletristik.

Tokio, im Januar 1995
Diana Donath

Inhalt

 # JAPAN EDITION

 edition q Verlags-GmbH